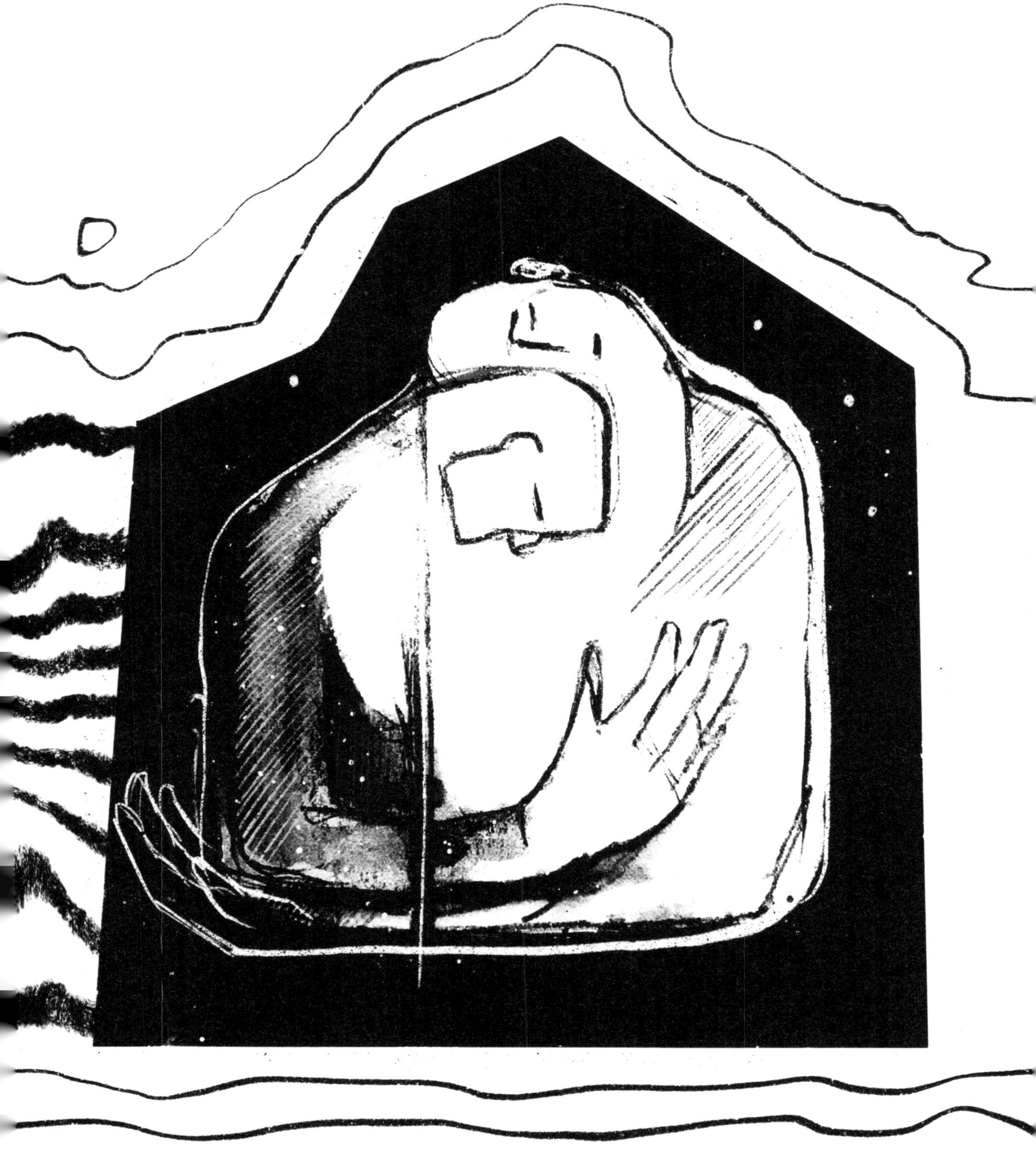

ut pictura poesis ...

paintress und poet, no. 2

Gravitationen

vol. I

IMPRESSUM

Gravitationen

Volume 1: *Nicht aus Adams Rippe*
Volume 2: *Media Vita*
Volume 3: *Erdenwege*
Volume 4: *Arbeit am Paradies*

1. Auflage, 2022

Verlag Akademie-der-Abenteuer
Boris Pfeiffer, Pfalzburger Straße 10, 10719 Berlin
www.verlag-akademie-der-abenteuer.de

Cover: Verlag Akademie-der-Abenteuer unter Verwendung eines Bildes von Michèle Meister
Malerei und Graphik: Michèle Meister
Satz und Covergestaltung: Michèle Meister
Gedruckt und gebunden von poligraf, Polen
ISBN 978-3-98530-121-8
Printed in Poland

Bibliografische Information der Deutschen Nationalbibliothek:
Die Deutsche Nationalbibliothek verzeichnet diese Publikation in der Deutschen Nationalbibliographie; detaillierte bibliografische Daten sind Im Internet über http://dnb.d-nb.de abrufbar.

NICHT AUS ADAMS RIPPE

Michèle Meister & Boris Pfeiffer

VERLAG Akademie DER ABENTEUER

Von Anfang an bin ich ein Mann mit einer Frau in mir,
und darum glaube ich, ich liebe sie so sehr.
In allen Farben, allen Körpern, ihren Stimmen,
ihren Gedanken, die ohne Lüge
und in aller Strenge Romantik killen.

Ihr seht es nicht, doch hatte dieses Bild auch Brüste.
Nur, ich erkenne meine Weiblichkeit
auch ohne sie. Und ohne Trauer, Kampf und Schwulsein.
In diesem Bild sind die Gedanken meine Hände,
die mich beschützen, überbordend groß.

So hat sie mich gemalt, die Frau, die mit genauso
großen Händen oder noch größeren,
ihr Angesicht in meins legt und mit mir lebt.
Das Dasein dieser Erde ohne Angst.

Die Liebe erstickt, wenn wir nicht singen.

IN DEN BLUMEN
warst Du eine Feder,
leicht wie junger Daunen.
Wasser tränkte Dich;
schwer und trunken sankst
Du nieder,
und der Wind strich über Dir entlang,
und die Sonne brannte,
es war heiß.
Und Du fasstest an die Erde,
und Du nahmst sie, dunkle Erde,
eine Faust voll in die Hand.

Ich möchte dich mit Herbstlaub bedecken,
dann bist du bunt wie der ganze Wald.
Ich möchte dich küssen und blaue Flüsse in dir wecken,
mit denen du mich umarmst.

Der Wind
er flog
zu dir
und sang
ein Lied
das klang
wie als
ich schlief
und in
meinem Traum
der Kuss
den ich
dir gab
und du lagst
nah
den Blick
voll Glück
zärtlich
bei mir

Ich liebe das Licht in den Wolken
und sein Spiegeln tief in der Stadt,
auf den Büschen, den Bäumen, dem Asphalt
und den zwei Enten am Brunnenrand.

Die saßen auf künstlichen Steinen,
die warfen mir Blicke zu;
die flohen ins Wasser zu zweien,
die schnäbelten immerzu.

Enten, ihr altes Paar,
als Kind als ich euch sah ...
Da kamt ihr auf die Wiese
vor unserem Haus –
und der Erpel war so schön grün.

Und heute sah mich das Entenweib an,
ihr braunes Gefieder mit einer lila Feder
war einsam und rar ...
Und die lila Feder stak hervor.

Auch ich habe Farben, mein Menschenkind,
auch ich bin nicht farbenlos.
Mag der Erpel auch schillernd und grünfedrig sein,
ich trag Lila unter dem Schoß.

Niemals sah ich sie die Flügel spreizen.
Sie flog auch nie vor mir davon.
Sie paddelte immer im Teich herum
und der Erpel folgte ihr stumm.

Das letzte Entenpaar in der Stadt,
dem habe ich lange geweint,
dem letzen Entenpaar in der Stadt,
dem habe ich Tränen geweint.

Wölfin in Hagebutten stöbernd, schweifendes Licht,
wenn du deinen Körper in der Nüchternheit des Tages
an den Tisch setzt, es ist Morgen, du setzt Kaffee
und Milch auf den Herd, süß bist du vom Schlaf,
tappst über den Flur, wirfst den Blick aus dem
Fenster und schreist die Katze an: dein Haar und
dein Becken erwachen (wie du dich im Schlaf
geräkelt hast, o, wenn du wüßtest) und deine
besonnenen und Glück tragenden Augen, deine
Streitbarkeit, Schultern, Ausschnitt des Kleides,
zwei Füße, Beine, ein Duft, von dem nur ich sprechen darf,
weckst, rufst und streifst du Instanzen
in mir und an meiner Seele, dreimal so hoch wie der
Blick zur Sonne, abtrünnig der
beschwerlichen Welt.
Glück, das nicht leicht
und nicht schwer ist, eine physikalisch unbekannte Theorie,
diese Äußerung doppelten Lebens, die wie Sterne
den Himmel Menschen sich lieben läßt. Und auch das
ist nicht alles.

ich möchte mich lösen

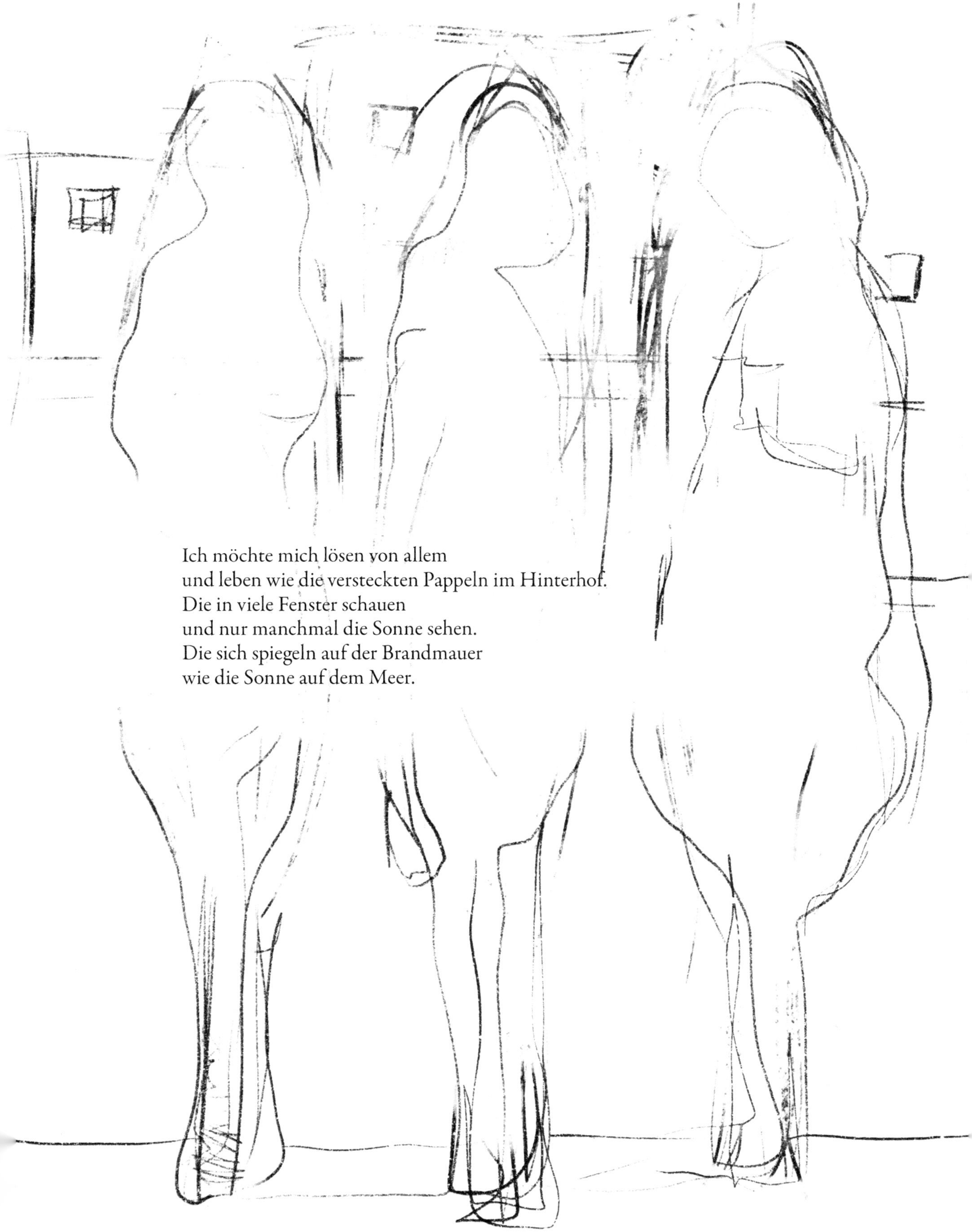

Ich möchte mich lösen von allem
und leben wie die versteckten Pappeln im Hinterhof.
Die in viele Fenster schauen
und nur manchmal die Sonne sehen.
Die sich spiegeln auf der Brandmauer
wie die Sonne auf dem Meer.

Eine Gabe die vollkommen einmalig ist
die nur so sein kann und kein bisschen anders
Ein Geschenk ein Opfer aus Liebe
ein hinauf von der Erde geschütteter Schluck Wein
ein auf dem Feuer und aus dem Herzen Dargebotenes
von der Erde Empfangenes und ihren
Erschaffern wiedergeschenktes Geschenk
eine Frucht ein Sonnenstrahl
eine Liebesgabe
Wer bist du, fragt er sich
Wie kann ich dich annehmen
Wie erwidern
Er spannte das Blatt in die Olivetti
Ich möchte dir den Blick meiner Augen schenken
Ich möchte dir den Blick meiner Augen schenken
Ich werde immer alleine sein wenn ich dich anschaue
Ich bin nicht traurig
Ich bin liebevoll
Ich bin in dieser Luft die getränkt ist mit dir
Ich bin in dir ohne dich zu erkennen

IN LANGEN SEIDENSTRASSEN flog dein Haar,
magnolienschwer für eine Nacht zum Traum geworden -
dein Adlerhaar
hob von der Stirn sich unter Sterne.
Ich griff hinein mit lang betäubter Hand,
von deiner bloßen Schulter,
vom Atem, der ein Rudel Wölfe war, gesandt
und grub mir Höhlen,
bis ich eine warme Stelle fand.

Da pfiff es wie ein junges Vogelherz aus Dir,
und statt der leichten heißen Flut Empfänger,
die zwischen Po und Nabel weiter schlug,
wurde ich Zeuge deines Schlafs.

Im Spiegel neben deinem Bett
hat mich die Nacht gesehen;
dann schlief ich neben Dir
und träumte mich in deinem Haar dem Morgen zu,
magnolienschwer, für einen Schlaf geborgen.

Im weiten Meer verblassen schon die Sterne,
nur noch dein Haar ist voll des unsichtbaren Lichts.
Mein Herz hat unter fremden Vögeln sich verborgen.

Ich träume von der Löwenfrau -
sie ist aus Gold und Himmelsblau.
Sie hat mir neulich mal gesagt,
dass sie mich nur mit Aber mag.

Weißt du, wie Aber brennen kann?,
hab ich gefragt. Sie sah mich an:
Du bist nicht einsam, hast nur Angst.
Und rührte mich mit ihrer Tatze an.

Die war wie eine Menschenhand
und hat die Angst aus mir verbannt
(als sie mich traf).
Die Angst ist groß , das weiß du doch,
sie frisst dich wie ein dunkles Loch.

Und steckst du da den Kopf hinein,
wird deine Seele viel zu klein,
um dir das das Licht
der Welt zu sein ...

Dein Aber brennt mich nicht so sehr,
mich brennt die Liebe furchtbar schwer.
Brennt mich, als wär ich unsichtbar
in einer Welt, in der du da.

Sie hat mich später noch gefragt,
was ich mir nicht verzeihen mag,
was einst mein größter Fehler war.
Nun schreib ich ihr dazu:

Mein größter Fehler war es wohl,
dass ich zu glauben einst begann,
in einer Welt zu leben
und keine zweite dort sein kann.

Mein größter Fehler war es einst,
aus Vielem und dem Spiel der Zeit,
aus Möglichkeit und Überborden
mich um den einen Tag zu sorgen.

An dem ich mich entschieden hab
für eine Welt. Und alle anderen ins Grab
der Möglichkeiten schickte.
Obwohl ich sie als Kind erblickte …

Heut denk ich oft, es muss so sein.
Und irgendwo in mir
vermisse ich die Möglichkeit
mit Dir.

Du schöne Löwenfrau,
du kennst den Tod und weißt genau,
was man an Lieb' verlieren kann,
kennst deine Kinder, deinen Mann.

Und hast mich doch gefragt:
Ob ich noch ein paar Zeilen hab,
mit denen ich unsterblich werd
für dich, du schöne Löwenfrau.

Hier sind sie nun, ich schenk sie dir,
und werf mich dann ins Himmelsblau,
zu dir.

Wo deine goldne Mähne weht.
Wo alles ist und alles lebt.
Ein jeder Traum, ein jedes Mal
die kindlich schöne freie Wahl.

Wenn ich die Welt einst wechseln werd,
vielleicht bin ich ein rotes Pferd,
vielleicht bin ich ein roter Hund
mit blauen Augen.

Vielleicht leb ich für dich dort mit,
vielleicht leb ich für mich.
Der Hund, der auf sich selber ritt
und seine blauen Augen in die Weite
warf.

Ich sehne mich nach dir, du Löwen-
frau.
Ich halt zu dir und weiß genau,
dass eine Welt noch übrig ist,
in der du meine Liebste bist.

Das Tor dorthin kenn ich vielleicht
und stoß es doch nicht auf.
Denn wie du weißt, ich achte dich,
und geb drum alles auf,
was du nicht willst, was du nicht
siehst –
auch, wenn ich's in dir seh.

Du sprachst von Flocken, sprachst
von Schnee …

Auf deinem gelben Löwenfell,
in deiner Mähne glänzt es hell,
wie Sterne in der Nacht.

Der Löwenschatten tanzt darin.
Er schluckt die Sterne stark und groß.
Der Löwenschatten ist mein Schoß,
der mich beherbergt ohne dich.

Reicht das schon zur Unsterblichkeit,
du wunderbares Löwenweib?

In späteren Jahren, wenn ich selbst
nach dem Schwimmen im offenen Wasser
wieder im Flachen ankam und mich aufrichtete,
um zurück ans Ufer zu gehen, hingen mir
immer die Haare ins Gesicht. In diesen
Augenblicken dachte ich oft an ihn.
Mein Großvater hatte schwarze halblange
Haare gehabt, die er sich in ähnlichen
Situationen mit beiden Händen nach
hinten strich. Genauso oder so ähnlich machte
ich es später eben auch. Es war keine eitle
Geste, nur einfach ein praktischer Griff.
Nicht ohne Männlichkeit aber auch nichts
weiter und nebenbei ein Moment, in dem man,
wenn man darauf achtete, den eigenen
Schädel in beiden Händen gleichzeitig spürte.
Heute denke ich noch manchmal daran,
was sich damals an einem der Strände
unserer Sommerferien abspielte. Es schmerzt
mich nicht mehr, oder nur, wenn ich mich
besonders tief ins das Damals hineinversetze.
Und doch ist es eine der entsetzlichsten Szenen
meiner Kindheit. Wir waren am Meer, zwischen
Ferse und Vorderfuß des italienischen Stiefels,
in der Mittagshitze, am Strand. Es waren kaum
andere Menschen da. Die Italiener gingen im
Gegensatz zu den Deutschen mittags auf den
Zeltplatz zurück, zum Essen, zum Schlafen. Wir
futterten tropfende Pfirsiche, süße, winzige Birnen
und Trauben. Nur ein Stück rechts von uns saß

eine nicht mehr ganz junge Mutter, eine dicke Matrone mit blonder Mähne, immer in einem schwarzen Badeanzug, alleine mit ihrem Kind. Mein Vater war beeindruckt von ihrem mächtigen Hintern und taufte sie wenig gentlemanlike in einer Art radebrechendem Pidgin arscho fantastico. Dass sie ihm aber gefiel, zeigte sich, als an diesem Mittag der ablandige Wind den Schwimmring ihrer Tochter hinaus aufs Meer blies. Der Reifen rollte kurz über den heißen Sandstrand und dann gleich dazu mehrere Meter über das Wasser, bis er in einer kurzen Flaute umfiel und auf dem Wasser liegend weiter hinaus trieb. Meine Mutter und meine Großmutter schliefen im Schatten unserer Sonnenschirme. Mein Vater aß vornübergebeugt einen der Pfirsiche, bemüht, sich den Saft nicht auf den Körper zu tropfen. Mein Großvater saß reglos da und schaute aufs Meer.
Er schlief fast nie am Strand, er schlief auch nachts nicht viel, es waren die sechziger Jahre, der Krieg war lange vorbei, mein Großvater hatte viele Narben am Körper, die seiner Seele kannte ich nicht. Aber sie waren da, er behandelte sie jeden Tag mit viel Alkohol. Vielleicht waren seine Wunden aber auch schon vor dem Krieg in ihm gewesen. Das alles ist hier nicht der Punkt.
Er sprach nicht, er sah aufs Wasser. Neben ihm lag sein mit Wasser im Bootskörper auf dem Sand festgemachtes, kanuförmiges Schlauchboot, orange mit blauen Innenkammern.
Als mein Vater den Schwimmreifen ins offene Meer

verschwinden sah, sprang er auf. Die Frau winkte noch ab, mein Vater winkte charmant dagegen, lief ins Meer, tauchte ein und schwamm los, dem Reifen nach. Es wurde ein langer Weg.
Der Wind bewegte den bunten Plastikring schneller als mein Vater hinterherkam. Der Ring leuchtete auf dem Wasser, der Kopf meines Vaters hob sich immer weniger gegen die grüngraue Wasserfarbe ab. Ich stand auf, um ihn besser sehen zu können. Er hatte den Reifen nicht erreicht. Ich wandte mich zu meinem Großvater. Ich sagte ihm, er solle das Boot nehmen und meinem Vater holen. Ich selbst war zu schwach dafür. Ich konnte die Paddel nicht wirklich halten und das Boot war zu schwer zu steuern für mich.
Mein Großvater schaute weiter. Er schaute jetzt einem Schauspiel zu. »Er hat es entschieden, er muss es selbst schaffen«, ließ er mich wissen.
Es war keine Fassungslosigkeit, die mich ergriff. Ich wusste nur, wenn mein Vater den Ring nicht erreicht, wird er ertrinken. Niemals hatte ich einen Menschen so weit im Meer gesehen und darin unsichtbar werden. Mein Großvater schaute und ich stand stumm neben ihm. Ich achtete nicht auf die Frau. Ich hörte vielleicht sogar auf zu sein. Ich hatte keine Angst und ich konnte nichts tun. Ich fragte meinen Großvater nicht warum.

Ich wusste, dass er meinen Vater nicht liebte. Ich wusste es tief in mir schon immer. Mein Großvater liebte mich. Aber nicht genug, um in diesem Moment das Boot zu nehmen. Vielleicht aber dachte er auch, dass er meine Mutter und mich zu sich in sein Haus nehmen würde, wenn mein Vater nicht wiederkam. Das nächste, das ich wieder vor mir sah, war mein Vater, der mit dem Ring in der Armbeuge aus dem Wasser stieg. Er hatte nur einen dünnen Haarkranz auf seinem runden Kopf und dazwischen eine Glatze. Ich habe ihn nie gesehen, wie er sich das Haar aus dem Gesicht strich. Er brachte den Schwimmring zu der dicken blonden Frau und reichte ihn ihr. Sie dankte ihm überschwänglich. Dann kam er auf mich und meinen Großvater zu. Er sprach mich an, er war dabei sichtbar außer Kräften. »Irgendwann«, sagte er, »bin ich dem Ring nur noch nachgeschwommen, weil ich wusste, ich würde mich an ihm festhalten können.« Dann setzte er sich auf sein Handtuch im Schatten unter den Sonnenschirmen und schlief ein. Ich weiß nicht mehr, was ich tat. Aber bestimmt habe ich nicht gesprochen. Ich habe meinen Vater nicht umarmt, er mich nicht. Mein Großvater sah weiter hinaus aufs Meer.

Der Jüngling von Hodler hing in der
Nationalgalerie, 83. Da war ich 19
oder 20. Auf dem Bild,
und auf allen anderen auch, waren im
Hintergrund grüne bleiche Berge, fast
ohne Schatten, wie Moosflecken oder
weiß Gott Schimmel, Grünspan, Krebs,
Teufel, die auf der Haut tanzen, vertrocknetes
Alienblut mit Sandstrand. Und er sah aus
wie ich, fast in jedem Detail. Nur meine
Knie waren runder. Jüngling vom Weibe
bewundert, hieß das Bild. Drei Frauen
in grünen Kleidern standen mit den Rücken
halbwegs zu mir, dem vor dem Bild, es war
von 1904, auf dem Bild sahen sie alle zu ihm,
und auf Englisch hieß es: young man admired
by woman. Ich bewunderte mich nicht, ich
konnte nur nicht klar erfassen, wieso ich auf
dem Bild war, detailgetreu. Aber so ist
das Leben. Ich war 19 oder 20, und ich
war verheiratet, meine Frau stand neben mir,
sie studierte vielleicht Kunst, aber das ist eine
Geschichte für sich mit einem Jesuitenpater,
mit dem Textdichter von Ideal und einem
Oberarzt, zart wie eine Seele drei Stellen
hinter dem Komma. Wir gingen dann auch
bald weiter, Hodler hin, Hodler her. Später
wünschte ich mir, ich hätte den Blick von
Jack Nicholson und Neil Young in den Augen,
den starken Irrsinn, der dich bei
dir hält, das unbeirrbare Monster.
Vielleicht kommt es Jahr für Jahr wieder raus
aus mir, bricht aus meiner Seele, in der
keine Versuchung mich zähmen kann,
diese sture Adoleszenz und mein blaues
Blut, meine Flügel aus Gewölben, meine
Nacktheit und Zärtlichkeit, die ich fühle,
seit ich auf der Erde gelandet bin.
Du kennst das, du weinst nicht, du
willst auch kein Erbarmen. Nur wo du
bist, bleibt eine Sache ohne Antwort.

Die Geräusche der Welt
sind nichts;
dumpfe Strohballen unter dem Dach.
Klammern in Unwind,
Augen auf eine Wand gerichtet.

Die Geräusche der Welt sind
rote Locken, wenn das Herz schnell schlägt,
Männerstimmen, die dich verraten,
sind eitel, sind verkommenes Lob und verkommene Liebe.

Die Geräusche der Welt
klammern sich an den Glauben,
mehr zu sein,
sich im Aufwind zu wiegen.

Die Geräusche der Welt werden
niemals verstummen.
Immer werden sie sein
und das Nichts hinter ihrem Rücken
fürchten wie die Kralle des Mondes,
wenn er Adler jagt oder Tauben.

Der Junge mit dem Gummihut

Rache, Verletzung, Unverstehen. Die Reihenfolge stimmte nicht, aber war es nicht egal, in welcher Reihenfolge er die Garnrollen seiner persönlichen Ariadne in den Fluss schmiss? Die Erinnerungen waren außerdem nicht alle schlecht, nur zu verstehen waren sie beim besten Willen nicht. Er hatte damals im Krankenhaus gelegen, weil der Arzt im weißen Kittel seiner Mutter gesagt hatte, dass seine Eier zu hoch säßen und runtergeholt werden mussten. Angeblich, damit er später Kinder bekommen könnte. Dass das nicht passierte, war dann okay. Aber der Krankenhausaufenthalt war alles andere als okay gewesen. Sie hatten ihn mit Blaulicht von irgendwo nach irgendwo gefahren, ihn da unters Messer gelegt und dann völlig benebelt genauso wieder zurück gebracht. Als er aufgewacht war, hatte er den Jungen mit dem Gummihut gesehen. Eigentlich war es eher eine dicke graugrünliche Wulst um den Kopf, die der Junge offensichtlich trug, damit er einigermaßen unbeschadet gegen die Wände rennen konnte. Beim Mittagessen saß er neben ihm und sah zu, wie der kleine Kerl den Kartoffelbrei mit den Händen in sich rein schaufelte. Die Erbsen rührte er nicht an. Genauso wie er selbst. Im Krankenhaus stank es nach irgendwelchem Zeug, das Keime töten sollte oder besser reinigen als was die Leute sonst so in den Wohnungen benutzten. Besser riechen tat es nicht. Am zweiten Morgen nach dem Aufwachen winkte ihn eine dicke Frau in einem traurigen Pullover an einen glatten, farblosen Tisch in einem Nebenzimmer, wo er ab jetzt am Unterricht teilnehmen sollte. Mathematik wurde mit riesigen Holzpuzzleteilen gelehrt, die er ihren Formen entsprechend in einen Rahmen legen sollte. Hatte man die Teile passend zusammengelegt, stimmten auch die Lösungen. „Ich gehe hier nicht zur Schule“, erklärte er. Aber die Frau wollte ihn nicht weglassen. Zum Glück kamen seine Eltern an diesem Nachmittag und er sagte ihnen, dass sie ihn sofort hier rausholen sollten oder er würde noch in derselben Nacht aus dem Fenster steigen. Sein Vater reagierte und holte ihn am nächsten Morgen ab, wie er es ihm versprochen hatte. Aber wie hatten sie ihn in so einen Scheißladen schicken können?

Das nächste Krankenhaus war ein Gebäude mit vielen langen Gängen und genau demselben schrecklichen Geruch wie davor. Diesmal durfte er (sie hatten ihm die Mandeln rausgeschnitten und er sollte angeblich jeden Tag Eis essen dürfen, was aber nie passierte, denn es gab Erbsenbrei) nur auf die Toilette gehen, wenn eine Krankenschwester ihn begleitete. Also wartete er, bis alle schliefen und ging nachts alleine. In den Kloschüsseln sah er manchmal Blut und ein ekelhaft tiefes Gelb, was er verstörend fand. Für die langen Tage hatten ihm seine Eltern ein paar Groschen gegeben fürs Telefon. Alle halbe Stunde ging er in einen der langen Gänge, hob den Hörer vom Münzfernsprecher ab und rief zuhause an. Am Anfang antwortete seine Mutter. Später nicht mehr. Er dachte, sie sei nicht da. Er wusste nicht, dass die Groschen, wenn es nur klingelte und am anderen Ende keiner abnahm, unten in den Telefonapparat fielen und er sie hätte herausnehmen können. Und das war vielleicht die schönste Szene in diesem Krankenhaus: Als er unverrichteter Dinge vom Automaten zurück in das Zimmer ging, in dem er zu liegen hatte, und eine halbe Stunde später mit zwei neuen Groschen zurückkam, stapfte ein hagerer, sehr alter Mann in einem Bademantel auf ihn zu. Er drückte ihm seine zwei Groschen von vorher in die Hand. „Die fallen durch, wenn es nicht klappt. Die bleiben dir." Er war dem Mann dankbar. Am nächsten Tag erzählten ihm seine Eltern, die ihm diesmal Pistazieneis mitbrachten, ihr Telefon sei kaputt. Aber er könne die Nachbarin anrufen, wenn es dringend sei. Die Nachbarin arbeitete den ganzen Tag. Er hörte es klingeln aber sie nahm nie ab. Nachdem er aus dem Krankenhaus raus war, erzählte ihm sein Vater lachend, das mit dem Telefon und der Nachbarin hätten sie ihm nur vorgelogen, weil er sie dauernd anrief und es sie störte. Warum es sie störte, erklärten nicht. Es war ein hartes Gefühl, das zu hören und er wusste, dass er so etwas in seinem Leben nie mit jemandem machen würde. Zum Glück hatte es im Krankenhaus noch eine Putzfrau gegeben. Sie war immer die Erste, die früh ins Zimmer kam. Sie war dick und sie hatte ein Herz. Er hatte ins Bett gepinkelt und sie zog ihm freundlich die Schlafanzughose aus, hängte sie über die Heizung, nahm ihn in die Arme und sagte: „Haste ins Bett gepullert? Ist nicht schlimm!" Sie war die erste Frau, die er liebte. Genau wie den alten Mann, der ihm die zwei Groschen gerettet hatte.

NOT

In die Wände,
die unseren Hof begrenzten,
in die Hofmauern,
hatten Hände
grobe Initialen gekratzt.

Da standen im schimmerfarbenen
Ziegel zwei einsame Buchstaben
und sagten: Auch ich war hier.
Und dann und wann kam ein
Herz dazu.

Wir standen davor wie Götter
vor ihren Vorfahren,
starke Bewunderer der Vorfahrenzeit.
Wir scheuten uns nicht,
ein Wort zweimal zu sagen.

Jens und Bianca,
Robert, Anja und Silke,
Pia Wnendt, Kiki Küster,
Oleg, Christian, Petra
und die andere P.

Kinder ohne Mütter
waren wir.
Kinder ohne Väter.
Unabhängige,
höchst lebendige Wesen.

In dieses Gesicht ist der Himmel gefallen
und in diesem Haar bauen Schwalben ihre Nester.
Dieses Gesicht hat die Furchtlosigkeit glattgestrichen,
und es scheint, als stellte sich einem Altern, dessen
Kommen als zu früh empfunden wurde, ewige Jugend entgegen.

Wie viele Kinder einer verrückten Mutter und eines
korrupten Mannes, hat sie eine erdige Sanftheit in
ihren Zügen. Und im Leben sucht sie Fremde vom Meer
oder aus der Wüste, die den Spiegel ihrer Umgebung
zerbrechen können.

Eines Tages leuchtet in den hinteren Winkeln ihrer
Augen der gelbe Schlamm der Tiere, und sie spürt
in der Höhle ihres Mundes die Zukunft verbrannter
Tabakfeuer.

Ihr Haar beginnt sich in die Seele zu nähen,
und ihre Züge ziehen und ballen jetzt die Macht
der Geschlechtergespinste.

Eines Tages geht sie weiter als je zuvor und
verlässt auf ihrem Streifzug den Alltag, den ihre
Mutter ihr seit Anbeginn in die Zöpfe flocht.
Sie streift die Ordnungsmuster der Kindheit ab
und spürt eine glühende Blüte in sich.

Eines Tages fasst sie in die Glut und weiß,
was ihr ist. Sie schaut auf in den Himmel und
dessen Anblick verwandelt ihr Gesicht in Sand
und Geröll.

Vögel fliegen dort am Himmel Kreise. Vielleicht
herrscht langes Schweigen dort. Vielleicht fängt sie
einen und brät ihn oder zieht aus seinem Schnabel
ein Seil, dessen Ende sie ins Licht schleudert oder
in irgendeine andere Richtung oder es einfach fortwirft,
um alleine zu sein.

Eines Tages ruft sie aus dem Sand und Geröll ihres
Gesichtes: „Wir nennen uns Menschen. Jetzt weiß ich
die Gemeinsamkeit."

wieder

Es gibt Dinge, die kann man nicht wirklich erzählen. Ich habe heute Nacht meine Mutter gegoogelt, ihren Namen. Natürlich tauchte sie nicht auf. Sie ist vor dem Internet gestorben. Da waren ein paar Frauen und da waren auch ein oder zwei Männer mit ihrem Namen, aber nicht sie.

Einer mit einer bunten Halskette. Die meisten lächelten. Die meisten von ihnen hatten gute Augen. Manche waren blond, manche hatten graue Locken, manche strahlten mich an. Keiner von ihnen sah fremd aus. Sie alle waren freundlich. Sie alle hätten meine Mutter sein können.

Ich wünschte mir, ich hätte mit ihnen sprechen können. Mit diesen Bildern, mit den Gesichtern, mit den Lippen, mit dem, das irgendwo dahinter am Leben war.
Das einzige Mal, dass ich meiner Mutter nach ihrem Tod wieder begegnet bin, war im Berliner Westend.

Es gibt da so eine Kneipe am Steubenplatz, ziemlich groß, ziemlich chaotisch, in der sich die Fans beider Mannschaften, die an diesem Tag im Olympiastadion spielen, vor und nach dem Spiel treffen. Eine Kneipe ohne Schlägereien, eine Kneipe mit viel Bier und mit Bildern an den Wänden.

Eine unübersichtliche Kneipe, wie mein Leben (und das vieler anderer). Vor dem Tresen stehen rechteckige Säulen. Sie sind mit Holz verkleidet und an den Paneelen hängen Bilder und Fotos. Eins davon zeigt meine Mutter. Niemand weiß, wie es dahin gekommen ist. Aber jeder, der sie kennt, erkennt sie.

Meine Mutter hängt in dieser Kneipe und lächelt. Niemand kann sie googeln. Niemand, der sie nicht kannte, wird sie erkennen. Ihr Bild hängt an der Säule. Biergläser werden an ihr vorbei gereicht. Stimmen verhallen.
Ich weiß, dass sie hier um die Ecke gelebt hat, als sie jung war, noch bevor ich geboren wurde. Als sie sehr jung war.

So, wie auf dem Bild. Aber ich erkenne sie. Ich kann sie jedes Mal sehen, wenn ich ins Olympiastadion gehe und danach in die Kneipe.

All the painters

Sie waren alle da gewesen. Sein Großvater hatte
Elefanten gemalt, mit Kohle auf gelbem Papier.
Seine Farben hatte er ausgetrunken. Eine nach
der anderen. Bis keine mehr übrig war und sein
Haar ihm schütter um die Ohren hing.
Die Welt war so voller Geschichten, dass einer,
der sie alle anhörte, daran zugrunde
zu gehen drohte. Aber die Bilder boten ihm Halt.
Bilder waren der Freund seiner Mutter,
von dem die Freundin seines Vaters,
die mit ihm im Esszimmer auf der Couch schlief,
sagte: Deine Mutter hatte ja Affolter und
deswegen ging ich, wie sie mir freundlich riet,
mit dem Alten nach nebenan ...
Für ihn war Affolter Bruno gewesen, der,
der tief in der Nacht nach Hause kam und
ihm abgerissene Zweige von den Büschen
vor dem Haus mitbrachte, sie in graue
Knete steckte und in das Cowboyfort
pflanzte, das er ihm aus bemalter Pappe
gebastelt hatte. Grüne Nadelzweige zwischen
brauner und schwarz bemalter Pappe.
Bruno aber war wütend auf seinen Vater
geworden. „Der telefoniert jetzt nur noch
an seinem Autotelefon!" Sein Vater hatte
Bruno aus der Wohnung geworfen, weil
der angefangen hatte, alle Möbel weiß
anzustreichen. Inzwischen war Weiß auf
dunklen Möbeln das heißeste Vintage.
Bruno war seiner Zeit voraus gewesen.
Er hatte auch runde Bilder gemalt. Doch
er war gestorben und das Kind in ihm
vermisste ihn immer noch schmerzlich.
Dann hatte seine erste Frau gesagt, sie
sei eine Malerin. Sie hatte gesagt,
sie male im Studio eines Jesuitenpaters.
Er hatte sie nie ein Bild malen gesehen und
auch keinen Jesuitenpater mit einem Studio.
Aber eines hatte sie doch gemalt. Es war
ein gutes Bild gewesen. Sie hatte es mit
den Farben aus seinem Tuschkasten
auf einem Blatt Karton gemacht. Sie hatte
es hingeworfen. Darauf war ein habgieriger
grüner Mann, der eine spindeldürre gelbe
Frau unschön bedrängte. Jahre darauf
war Olivia zu ihm gekommen, als er morgens
um sieben verloren und liebeshungrig

in einem Café an der Potsdamer Straße gesessen
hatte und dabei doch auf nichts hoffte.
Sie hatte sich voller Vertrauen und noch
mit den Stiefeln an den Füßen in seine
Badewanne gelegt und war im heißen
Wasser selig eingeschlafen.
Sie hatten sich alles geteilt. Nicht die
Liebe von Mann und Frau. Aber sonst.
Sie hatte seine gesamte Tinte für
den Füller auf braune Packpapiertüten
aus dem Supermarkt vermalt.
Später hatte er sie in einer Boutique wieder
getroffen, in der sie Kleider, Schnickschnack
und Modeschmuck verkaufte. Sie war
verheiratet mit dem Sohn eines einstmals
berühmten Schauspielers und sie hatte ihm
hinter einem Ständer mit Hosen ein gelbes Bild
hervorgezogen. Er hatte es ihr für einen fairen
Preis abgekauft. Oh, an was dachte er alles, wenn
er an sie dachte. Wie sie ihren Pass zerrissen hatte
und die Fetzen vor seinen Augen aus dem elften Stock
segeln ließ. Wie sie dem Kerl im Hotel gesagt hatte,
sie säßen nur hier, weil er sich heute Nacht umbringen
wollte. Und wie der sie deswegen umsonst frühstücken
gelassen hatte. Wie sie sie ihn später ein einziges Mal
mit klarsten Augen gefragt hatte: „Wer glaubst du denn,
wer wir sind?"
Zuhause hängte er ihr Bild neben alle Bilder, die
sie ihm geschenkt hatte. Niemand würde sich je
daran erinnern, dass sie eine Stipendiatin der Karl
Hofer Gesellschaft gewesen war.
Sie hatten so viele Nächte miteinander verbracht,
so viele Fragen und so viele grausame Hindernisse.
Sie waren so tiefe Liebende gewesen und
hatten die grausamsten Seiten des Lebens
in Glück verwandelt.
Immer wenn Olivia später seine Frau traf,
sagte sie zu ihr: „Du hast Glück, dass ich ihn nicht
genommen habe." Und das entsprach der
Wahrheit. Maler und Malerinnen. Und er konnte
keinen geraden Strich ziehen. Irgendwo davor, danach oder
dazwischen war auch Olga gekommen. Sie war vielleicht
eine unglückliche Bourgeoise. Ihre Mutter
hatte gemalt und geschneidert und war am
Theater und im Fernsehen berühmt geworden.
Und Olga wusste nie wohin. Ihre Ehen vergingen und
verstarben. Sie fand keinen Halt. Am Ende stellte ihr

Sohn ihre Bilder als Ausschnitte ins Internet.
Die Trauer, die sie umgab, konnte er nicht aushalten.
Und er konnte sie auch nicht trösten.
Genauso wie Franziska. Ihre roten Locken, ihre
schweren Züge blieben ihm fern. Er gab ihr
eins seiner beiden Zimmer. Aber sie kamen nie
über den Flur zueinande. Maler. Ihre Bilder.
Malerinnen. Ihre Bilder. So ging es immer weiter.
Als er sein erstes Buch schrieb, fand er Alberto.
Er zeichnete viele Seiten und es war das schönste Buch
der Welt bis zu diesem Zeitpunkt.
Dann kamen die kapitalistischen Jahre.
Die Bücher füllten sich mit Bildern.
Jedes dieser Bilder war gekonnt.
Keines dieser Bilder betraf ihn.
Ein paar taten es doch. Aber auch sie gingen
unter im Meer des Verdienstes.
Ein paar wenige kleine, betrunken am Tresen
hingeworfene Skizzen, Porträts der Liebe,
die er in goldenen und roten Rahmen aufbewahrte,
funkelten dazwischen wie einsame Sterne.
Sie standen im Dunkel und stachen daraus hervor,
sie waren die Lanzen des Unvergesslichen.
Aber das war noch lange nicht das Ende der Maler.
Er traf Beuys, Stratmann, Fresken in Eisdielen,
all die Galeristen, den unglücklichen Beautemps,
nächlichte Oleanderblüten, Kinderzeichnungen,
Männer, die ihre Bildersammlungen in Eckhäusern
versteckten. Dazu kamen Verkäufe, Galeristen,
junge Kerle, die mit Bänkerinnen um die Schönheit
ihrer Kinder konkurrierten. Und all die Museumsbesuche.
Seine Arbeit in der Galerie. Der schwule Ehrenprofessor,
der ihn ohne eine Frage von der Stelle weg bei sich
eingestellt hatte. Die Tochter des Kunstsammlers.
Er hielt den Sternenmann mit dem Hund in
der Hand. Und die Einsamkeit nach allen Pinselstrichen.
Niemand blieb ohne sie. Sie kam am Ende. Und nur, wer
sie durchbrach, konnte dem Malen Einhalt gebieten und
dem Dichten. Genauso so wie dem Bänkerinnendasein.
Wirst du mich lieben? Liebe ich dich?
Werden wir in einer Sekunde dasselbe denken?
Die gleichen Gedanken zur selben Zeit?
In Ruhe? Geborgen? Kann ich ein Mann sein,
der zu dir spricht, sich öffnet und nichts verschweigt?
Der dasein kann, Tag für Tag und Wochen und
Monate? Bis du deinen Teil des Lebens mit ihm
gemalt hast? Denn wir haben nur Jahre miteinander.
Und willst du mich diesmal für immer?

Mutter

Was hast du getan hinter deinen grünen Augen?
Hast du Gitter zerbrochen?
Welchen Traum hast du in mich gepflanzt?
Den Traum von Offenheit und Glauben
und Liebe statt Mummenschanz.

Meine Mutter, du bist jung gestorben!
Du hast mich dennoch erkannt
und mir den Raum eingewoben,
dass ich lieben und ein offener Mann
sein kann.

Du hast mir dein Herz mitgegeben,
unerfüllt und zu unbekannt,
du hast mir dein Fleisch, dein Erregen
ins Leben gelegt und benannt
dass ich all die Räume öffne!

Du hast mir die Kraft gegeben
über das Leben hinaus,
die grünbraunen Kreise deiner Augen
und die männliche Vagina auch,
in der sich alles vollzieht.

Ich bin dein Sohn
und ich sterbe vor Glück
es zu sein!
Ich bin ein männliches Wogen
im unsterblichen Wogensein.

Mein Name ist Mann
und ich sehe dich an, Mamam,
wo immer du bist!

Sei dir gewiss, dass die Frau,
die mich küsst
stärker an Weiblichkeit ist,
als du es dir mir erträumt hast.

Stärker und freier und
über alles Einstige hinaus.
Dass sie eine Frau ist,
das Leben selbst, die dein Schicksal
nicht vergisst und mich annimmt.

Ich bin das Stück Erde,
aus dem der Baum gerissen mitsamt seinen Wurzeln,
bedeckt bin ich mit der Hälfte des roten Schatten des Mondes,
ich bin der ungeschrieene Schrei eines Gemordeten,
aus meinen Augen sträubt sich eine Katze,
ich bin gelangt in die Halle mit Bildern von Toten und Tod.

Er ist eine bittere Kälte, ein eckiges Labyrinth und ein
erstarrter Aufmarsch aufrecht gestellter Wände,
an die meine Finger gepreßt keine Spur hinterlassen,
keine Spur ist mehr in meinen Fingerkuppen,
sie sind glatt wie das Eis in einem bunten Cocktailglas,
so glatt, dass sie nichts mehr zu berühren vermögen,
sie gleiten an den Dingen entlang
in einer Welt ganz aus Kristall, unberührbar
wie ein tödlicher Virus, eine immune Welt,
eine Welt wie unter den Beinen einer Küchenschabe,
in der die Farben Dämonen sind und Graphiken ohne Tiefe,
gespaltene Blüten und ein eckiges Dunkel,
in das ich gerahmt bin, einsam, ein gebrochenes Verprechen,
ein Kanister mit Schweineblut und ein Kanister
mit Rauchharzentferner, mit dem man das Blut auswäscht.

Ich bin gefangen in der nicht existierenden Sekunde
zwischen dem Ticken des Sekundenzeigers,
ich bin gekettet an die unschmilzbare Spitze eines Eisbergs
aus verlorener Liebe und dem Frieren der Erde,
aus der der Baum gerissen ist mitsamt seinen Wurzeln.

Ich bin süchtig nachts in den Straßen zu gehen,
im harten Nachtlicht, das den Dingen die Farben
vom Leib reißt -
die Bäume haben ein tieferes Grün, ein grelles,
ein verwundetes, tiefes Grün,
wie der Rand meiner Seele.

Umkreist von den Flossen der Nacht, die Straßen ab,
dem Hall meiner Schritte nach, unbedacht.

Wenn ich einmal falle in tiefen Schlaf,
ich hoffe, dass er mir genügt,
dass er sich nicht aus kleinen Mäulern Dunkelheit
und Lichtern zusammenfügt.

Wenn nur mein Leben nichts aufspart für dann,
dass ich mich bloß gebe ins Erinnerungslose,
und meine Seele verblüht ist.

Noch dringt es in mir auf Wiederkehr,
doch umgeben bin ich von Abschied,
von einer dunkelroten Rose auf immergrünem Trieb.

Ein sich überschlagender Flügel
oder ein Riss durch die Nacht,
überfällt mich das Begehren.
Ich will asiatische Gifte zu mir nehmen,
mit der Haut andere Farben aufnehmen.
Silbern stehen die Bäume,
den Alleen entlang,
in verschwindenden Reihen;
ein Floß aus Gewicht treibt noch weiter hinaus,
an dessen Planken das Meer reibt.
Die Blätter des Herbstes fallen
scharf wie Pfeile von den Bäumen;
über dem Floß klingt, an den Mast gehängt,
ein silbernes Glöckchen.
Es ist fein, wie die Augen der Frau,
eh sich in ihr die inneren Wolken verdichten,
als lache die selbe Frau, die mir ins Auge schaut,
im Himmel über springenden Rädern.
Es zieht mich an, ich falle in ihren Mund,
den Laut hinab, den sie ausstieß,
sinke in der Luft ihrer Kehle in ein
lautloses Gewölbe. Da stöhnt sie,
und es wirft mich hinaus, ich spüre
im Rücken die Sterne, ihr pulsierendes Licht
wirft meinen Schatten über sie.
Sie vergeht zu einer Blume,
aus ihren Handgelenken quillt Schmerz,
sie tritt mit den Füßen gegen die unerreichbaren
Sterne, ihr strampelnder Schatten mengt sich ins
pulsende Licht. Ich treibe auf dem Floß,
eine Rute aus Laub in der Hand
dem Frühling entgegen. Das Land des Blühens
hebt sich in den Horizont,
die ganze Erdenrinde ist ein Farbenmeer
und duftet. In meinen Schenkeln setzen sich goldene
Käfer in Marsch, ich höre Schritte sich über etwas
heben, sie tritt vor mich wie ein Hafen vors Meer,
ich weiß nicht, ich müßte mich lenken,
träte ich ein, einen Teil von mir zurücklassen.
Dann geh ich ans Ufer, im Gebüsch knurren Tiere,
die Blumen leuchten, ein Vogel singt, und ich gehe
ihm nach mit den wilden Tieren spielend.
Und sehe nach einigen Schritten, es ist eine
Insel mit einem weiteren Meer dahinter, das sich
langsam um die Insel auf mich zuschiebt.
Ich ziehe meine Wogen zum Sturm;
ich breche herab über ein anderes Meer,
das Floß treibt zuoberst, seine Planken sind
wasserschwer, die silberne Glocke läutet.
Und die Insel versinkt, während Meer in Meer fließt,
mit zweierlei Horizont, hinter einem ein
silbernes Lachen, das andere sprachlos sich
wendend um die andere Seite der Erde.
Und aus Nacht wird Tag, und Tag wird durch Nacht,
und es balgen Himmel und Erde,
die Sonne schießt in die Blumen, der Tau fällt.

Ich bin ein mutterloser kühler Trieb
und spüre mich auf einem grünen Blatt.
Ich bin ein Farbspiel in den Blütenblättern.
Ich bin ein Windhauch, unter dem die Farbe wischt.
Ich bin ne Gänsefeder, die vom Leib fällt.
Ich bin der Wunsch nach einer fremden Hand
auf meiner Haut.

Es rinnt ein zarter Schmelzbach von den Bergen.
Es ruft ein Vogel aus der Echowelt hinab.
Es zahnt ein Kind in irgendeinem Teil der Welt.
Es stirbt ein Unbekannter.
Es leckt ein Kolibri am Necktar.
Es geht ein Weib mit Nest und Fängerrute.
Es fallen Gegenstände und zerbrechen.

Jetzt helfen mir die feinsten Gifte nicht.
Ich denke an ein Pferdemaul im Gras.

Sie hatte diese einmalig
blauen Augen,
magisch
wenn sie damit durch das
Zimmer auf mich zuschwebte,
und ihr die Funken
da raus schossen,
in den Mundwinkeln hängen
blieben,
bis es aus ihr troff:
blaues Feuer.

Aber ich war der Außenseiter,
saß ihr zuviel rum,
redete besser als ich war,
ging hin und wieder
die Straße runter,
rutschte durch zuviele Jobs
von Anfang bis Ende.

ICH WERDE BALD DREISSIG
UND DANN IST ES ZU SPÄT,
UM KINDER ZU KRIEGEN.

Ich fand das ohne Bedeutung.
So weit waren wir,
als sie aufstand und wollte,
dass ich sie in einen
Nachtklub fuhr.

Wir gingen runter zum Auto,
ich stieg ein,
sie stieg daneben ein,
dann rasten wir
nebeneinander
den ganzen Weg.

Sie stieg aus und hielt
die Tür offen, lange genug
für einen blauen, strahlenden
Blick.

VERLIER DEINEN WEG NICHT,
ABER ICH SCHLAFE HEUTE
WIEDER BEI MIR.

Ich gab meiner Hoffnung
Ausdruck
und fuhr zurück.

Als ich wieder vor der
Haustür stand,
sah ich es da liegen:
ihr Schlüsselbund
auf dem Beifahrersitz.
Ich wendete,
raste zurück und
ging in den Schuppen.

Ein langer, kalter Flur,
durch den fünfzig Männer rauskamen
und hundert rein,
während ich dastand und
abwartete und rauchte.
WAS'N LOS, fragte mich eine
Garderobiere;
die Musik war laut genug,
um zu schweigen.

Dann kam eine Freundin
von ihr vorbei
und blieb stehen,
als sie mich erkannte.
Ich fragte sie, ob es
wirklich noch aktuell
wäre, mit dem Kinderkriegen.
ABER KLAR SOWIESO!

Ich gab ihr
den Schlüsselbund
und sagte ihr,
wem er gehörte.

HEY,
DAS IST ABER NETT,
DASS DU EXTRA
DESWEGEN KOMMST.

Ich fuhr gemächlich,
aber diesmal fühlte sich der
Rückweg trotzdem kürzer an.

Ausweichend, Parfüm verbreitend und verlassend,
eine Karawane aus dunklen Haaren und sanfter Blässe,
verschwindend wie ein Gärung ins Innere,
sehe ich nachts vor mir eine Frau,
abschreitend ein Gewebe aus Knechtschaft und perlender Scham,
wie eine phosphorreszierende Spinne,
die ihren Weg verfolgt und ausleuchtet.

Mit einer Brust, sich hebend und senkend,
einer Matte aus Kirschkernen, durch die sich ein Atem bewegt;
ihre Schenkel, verborgen voller Trost,
verbreiten duftende Felder voll Schatten,
Granite ohne Gewicht, unbeschnittene Felder,
auf denen Ähren aus Entfernung stehen.

Nachts, von blauer Geometrie durchstreift,
hör ich den Ruf eines Löwen schlagen,
der ihr ein Lächeln abringt am Rande ihres Blicks,
im Widerspiel der Pupillen von sternklarer Ausdehnung
und satyrischer Wüste.

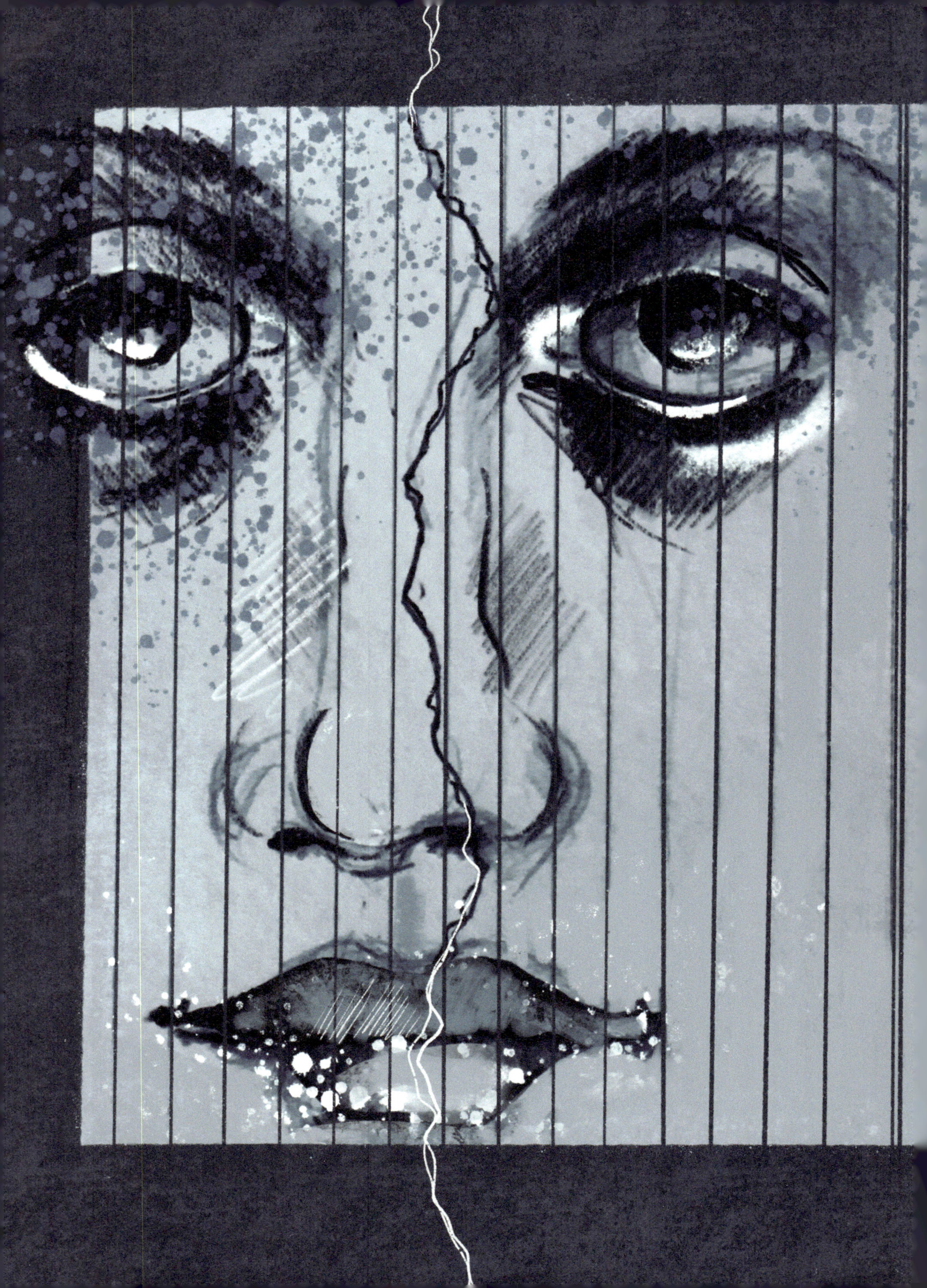

Ein zerrissenes Abschleppseil,
eines morgens im Scheinwerfer aufgetaucht,
erzählt von der Ruhe des Todes,
diesem Augenblick, der keine Ohren mehr hat,
um zu hören, in dem die Räume nicht wieder-
erkennbar sind, weil sie sich trennen
von dem, der sie hoffnungslos durchstreift.

Die Adern des Lebens platzen
oder versickern in dunklem Rot und der
Schwarzfärbung des Stillstandes,
und die Bewegungen erstarren in langer Zeit.
Das ist der Tod, der stille.
Er senkt sich über die Lebenden
wie der Himmel sich in Bäume senkt,
zu jeder Stunde, ob Helligkeit überwiegt
oder Dunkel. Er ist leise und reglos
und kommt aus der Weite ganzer Verfügung.

An einer Böschung, an Steinen, ganz glatt
von ausgeflossenem Öl, glatt und gestoßen
in Verwundbarkeit. Dort am Rand steht eine Frau
und pult einen Stein aus ihrem Stiefel.
Schatten und Schrammen, wie zwei drei Tage
Bartstoppeln ohne Verpflichtung,
abgerutscht, gesoffen, traurig, ohne Licht,
in einer Dunkelheit aus Vorbeipassiertem,
aus aufgetrennter Nähe und Erloschenheit.
Der Morgen bewegt sich wie ein alter Mann.
Ja, etwas ist sicher erloschen ...

oder irgendwie verschleiert, verknappt,
verdunkelt oder verkürzt, zurückgelehnt
in ein einfach beschissenen Ausblick gebendes
Gewölbe aus Augenbrauen, irgendwie kurzsichtig,
irgendwie trübe, irgendwie betrübt.
Zucker ohne Geschmack, plötzlich aufgelöst
in stillstehendem Gewässer verschwimmender Bläue,
fast dunkler als tief, fast zu weit schon.

Sehen über die Steine, das Tal, in die Ferne,
dahin, wo plötzlich so viel Platz ist
für Träume und Tod.

Dunst der Hitze, denn es ist Tag geworden,
in dem die Weite auf den Steinen verglüht.
Ein schillernder Ölfleck. Ein flimmerndes Begräbnis
von dem, was die Nacht war und die Tage, die satten
Abende, der freudige Hunger,
den die Lippen in offenen Armen begrüßten,
lachten und Licht aus den Augen warfen,
über die Wangen.

Öl auf Stein, bedeckt mit Weite. Wovon plötzlich
so viel da ist. Vor der Erinnerung und danach.
Ein Begräbnis zwischen Unendlichkeiten
aus Dunst und Blick. Verbrannte Wimpern.
Aufgelöste Wimpern. Ausgefallene Wimpern,
unwiederbringlich getauscht gegen Kahlheit der Augen.
In ein einfach beschissenen Ausblick Gebendes.

Mir platzt der Schädel gleich von Gas und faulem Regen,
wollt ich auch einst mein Leben wie in roten Kirschen knien,
die graue Strasse hat mich um den Leib gepackt
und ihren Segen mir aufs junge Fleisch gelegt.

Mit zäher Lust und falscher Weiberstimme
hat sie mir Falten ins Gesicht gesät
und lachte blöd, wenn meine Kinderstimme auffiel.

Ich hab mir eine neue Stimme angesoffen,
ins letzte Gras gespuckt und Licht für Licht erlöschen lassen.
Hab meinen Traum von roten Kirschen
in ihr Pferdemaul geküsst
und habe einen neuen Traum gemacht.

Der fand in ihrer bösen Schwangerschaft
Blut, Lust und Zärtlichkeit.
Ich nannte ihre schlappen Brüste Mond,
ich nahm das Abgestandene frisch und ungewohnt,
ich lieh mir Tod auf Leben.

Ich füllte meinen prallen Bauch mit allem was gegoren
und schwor zu Gott, dass unverziehen
die schlechte Luft, die jetzt in meiner Kehle wallt,
als blöder Hahnenschrei sein Firmament erreicht,
weil ich mit jedem grünen Blatt, das stirbt, gemeint bin.

Nachts sind die Straßen festgezurrt an ihre Schatten,
blank wie Sätze ohne Inhalt,
leer wie Instrumente ohne Saiten,
unsicher, eine Hand mit leerem Portmonaie,
und die Lichter fallen in sie wie Fleisch vom Körper.

An manchen Kreuzungen lauern Wegweiser,
sie bedeuten weniger als ein verlassener Schildkrötenpanzer,
sie zeigen sich wie vergessene Hände
auf einem Operationstisch,
sie stehen aufrecht in den Straßen
mit dem Ton von Papier, das auf Asphalt schleift,
mit dem gespenstischen Wind, der auf dem Trockenen
nach Wasser leckt.

Jeder Meter Bordstein hat ein abgestelltes Auto,
jeder Stern am Himmel ersticht eine Fensterhöhle,
jeder Meter der Straße ist ein Rennen ohne Ziel;
nachts versammeln sich auf der Straße die gebrochenen
Versprechen und greifen dem einzelnen Menschen,
der dort entlangkommt, in die Haare.

Der Mensch weiß, es ist ein verzweifelter Kampf,
er streckt seine Hand aus, und der Tod tritt ihm entgegen,
wenn er den Hals küsst, dessen Ader leer ist
von der unersättlichen, gierigen Liebe der Mutter,
die ihre Tochter in die Straße geschickt hat
als Beweis, dass sie selbst eine wunderbare und prächtige Frau sei.

Die Mutter, die wie die Straße ist,
verbrannt und leer und voller Fluch,
mit einem Herz, das von sich spricht
wie der Platz unter einem Galgen,
und die sich die Zunge leckt, eine mordlustige Kralle.

Und Anfang Mai schien erstmals warm die Sonne
und in der U-Bahn saß ein Mann und riss an seinem Haar
(die Wurzeln fraß er mit weitausgestreckter Zunge
und röchelte dazu ganz sonderbar).

Magnolien blühten, und die Luft war lind.
An Strassenecken lagen ausgekippte Plastiktüten.
Es war normal.
Und auf Balkonen drehten Windmühlmäuler gefrässig
sich im Wind.

Irgendwas geht nicht,
irgendwas kriegen wir nicht hin,
ich will ihr sagen
mein Schwanz passt nicht zu Dir
oder irgendeine andere Requisite,
die noch nie auf dem Tisch war -
und dann kotzen wir beide
auf den Teppich, oder ich
nehme eine andere Wohnung
und grabe zwischen den Dielenritzen
nach Unendlichkeit.

So ein Phönix aus der Asche
müsste man sein
und die ganze Qual von Anfang und
Ende hinter sich ausstreuen.
Es war so gut mit Dir,
es kann nicht besser werden,
aber beruhigen kann ich Dich nicht,
weil draußen die Laster fahren
und die Scheiben klirren
und wir den Absprung ins Paradies
nicht hinkriegen in diesem Zimmer.

Aber Du bist unbescheiden,
sagt sie.

In meiner Seele taucht wieder
dieser schwarze Punkt auf:
Es macht sie nicht glücklich,
dass sie mich versteht.

Ein simpler Tag.
Mein Geld geht zu Ende.
Der Anwalt will einen Prozess anstrengen,
sonst verdient er auch nichts an mir.
Ich hinterfrage alle Ratschläge.
Unruhig bin ich auch.
Die Zeit verrinnt mir
und schleudert mein Herz gegen
die Rippen.
Nichtmal auf die Zeitung kann ich mich
konzentrieren, sonst ein gutes Ablenkungsmittel.
Die Weltfetzen machen mich noch nervöser.
Ich bräuchte etwas ganz live, ganz
nah und lebendig.
Aber ich denke an Morgen und Übermorgen
und etwas, das in mir nicht zur
Ruhe kommt und sich vor irgendetwas fürchtet.
Ich könnte trinken aber ich trinke nicht.
Mein Websitegestalter macht nichts von dem,
was wir besprochen haben und schreibt mir,
alles sei wieder schön.
Ich will mein Geld ausgeben und schaffe es nicht,
es für was Sinnvolles zu tun. Ich denke darüber nach,
ob es mehr würde, wenn ich etwas Gutes tue.
Ich will mich lösen.
In der Sporthalle erfahre ich, dass ab übermorgen zu ist.
Übermorgen wollte mir hier einer ein neues Handy billig
verkaufen.
Nichts, nichts, nichts.
Ich sollte lächeln.
Dann sehe ich Bill, der sich verliebt hat in Elke.
Die beiden küssen sich auf dem Spielfeld.
Er strahlt, wie ich ihn noch nie gesehen habe.
Und das sage ich ihm.
Eine Minute später kommt Elke zu mir. Sie hält einen
Blumenstrauß in der Hand. „Der ist für dich,
wenn du nicht darauf bestanden hättest, dass ich
bei euch spiele, hätte ich Bill nie kennengelernt.“
Mein erster Brautjungfernstrauß.
Es war kein leichter Weg bis dahin.

Aber ich kenne auch das Ende der Geschichte.

Dein nackter Finger, perlend wie ein Kerngehäuse,
ist ein Mondstrahl:
betäubend, lieblich, natürlich, eindringlich.
Eine Welle, zurückgeworfen und durchs selbe Wasser wiederkehrend,
die Stoffe durchdringend wie ein Hahnenschrei.
Auf meine Lippen gepresst, gehalten, eingedrungen,
Reiter auf der Kuppe, hungrige und sättigende Farbe,
gefolgt vom Schatten mondbedeckter Flügel, aufgespannt
zwischen meine Schenkel.
Ein angerissenes Streichholz in einen leeren Kamin gehalten;
spärlich und grausam wie die kochende Nacht,
in der es verbrennt.
Knisternd, wie der Flügelschlag eines gefangenen Albatrosses.
Berstend in einem zeitübertönenden Schrei
in das trinkende Herz,
durchs Schweigen geschnittener Schwertstreich
aus Ebenholz, Kupfer, Silber und Gold
und dem rauschenden Meergeruch deiner geöffneten Achseln
dem einzelnen Mann, der dir entgegenkommt, ein Maulbeerbaum.

Zum Teufel mit der Vernunft heute Nacht,
ich bin alleine, ich kann es mir leisten.
Zum Teufel mit den Grossvätern und ihren Frauen,
ich weiss, was passiert ist, ihre barbarischen
Dialoge und mein Hintern von Erbe.
Zum Teufel, dass heißt, dass ich an nichts
denken will. Zum Teufel, das ist das
Lachen von Fränzi, die mir sagt, ich wäre
der erste, der sie nach drei Jahren anruft,
um ihr zu sagen, wie wundervoll die Nacht
mit ihr gewesen sei. Zum Teufel, dass heißt,
ich bin glücklich über Bogarts verzweifeltes
Gesicht mit Anfang dreissig. Vögel in den
Fingerspitzen, die mit spitzen Schnäbeln
aufeinander losgehen.
Mein Großvater wurde ein Säufer und erstach
seine Frau im Ehebett, und eine andere betete
jeden Tag vor dem Essen und sagte mir, Junge
Du wirst es einmal noch schlechter haben,
wenn ich das alles so ansehe. Heute Nacht die
Flasche und morgen die Menschen, mit denen
ich nicht zum Teufel gehen will.
Zum Teufel mit allen unglücklichen Kreaturen.
Mitleid ist genauso schlimm wie Herrschsucht;
wenn man es richtig betrachtet, kommt das eine
sowieso meist aus dem anderen.
Zum Teufel, ich muss meine Wut loswerden und
meine Liebe, aber weiss Gott, diese Nacht
könnte ich mit keiner im Bett liegen und
vergessen, und hätte sie den Teufel im Leib.
Dann schon lieber einen Erzengel, der mir
erzählte über die Menschen und ihre Kriege,
und von der Entstehung der Musik. Und ein
Rezept gegen Zahnschmerzen dürfte er auch
noch preisgeben.
Wenn ich es mir aussuchen könnte; ich säße
jetzt gerne mit ein paar Freunden im Boot
und führe den Mississippi rauf oder runter,
um Huck Finn zu treffen oder Tom, jedenfalls
einen Fluss mit Orten am Ufer, stark genug,
kein Unheil zu fürchten. Überhaupt nicht
scharf bin ich auf Lepra, Aids oder Motten,
auf rauchende Schornsteine und höhere Tabak-
steuern. Und es hängt mir zum Hals raus, ein
Mitglied dieser Gesellschaft zu sein. Das
einzige was ich akzeptiere sind Freunde.
Und das klingt wirklich etwas abgehoben.
Aber ich will noch nicht aufhören. Ich bleibe
stur. Es geht auch so. Da gibt es Paris, voll
mit Gassen und der Suche nach Geld und Restaurants,
Aids und Lepra. Und dasselbe gilt für Berlin, London,
New York. Endlich wird mir klar, was Hem mit
dem Satz gemeint hat IMMER WENN ICH WOLLTE
WAR ETWAS ZU TRINKEN DA. Er meinte seine
verdammte Freiheit, für die er geschuftet
hatte. Aber ich bin noch nicht soweit, dass
ich mir eine Kugel in den Kopf jage.
Morgen früh werde ich mir drei Eier in
die Pfanne schlagen, und es wird niemanden
geben, der es mir verbieten wird, und sogar
das ist ein Maßstab. Es ist auch nicht schlecht,
in einem See zu schwimmen; das Meer aber ist
mir das Beste. Es ist wie ein Mensch, der bei sich
ist und keine Furcht hat, sich die anderen
anzusehen. Die Sonne ist genauso gut aber
weiter weg. Sie hat das Pech mit dem
Ozonloch, und das wird nicht zu ihrem
Mythos beitragen, jedenfalls sehen sie
die meisten bei Verstand im Moment lieber
sinken. Zum Teufel mit dem Teufel. Langsam
werde ich müde. Es ist eine Nacht, in der ich
tanzen könnte mit Dir und mit ihr, je nachdem
wie das Barometer ausschlägt, mit toten
Fischen im Morgengrauen (solange sie
diamantene Augen haben), mit Paula, die
Rübezahl mit mir spielt, mit verlassenen
Frauen und glückseeligen Männern, und mit
einem Strauch roter Rosen, den ich Fränzi
zum Mittagessen schicken werde. Aber ich will
nicht bei ihr hängenbleiben (lieber hätte ich
sieben Kinder mit ihr und achtzig glückliche
Jahre). Auf Kontinenten ohne Landkarte,
Feuern ohne Asche, Turbulenzen ohne vernichtende
Stürme, Federn leichter als Vogelflug,
Blei ohne Tiefgang, Lust ohne Nachtrag
lebe ich und kenne mich nicht mehr aus
in der Welt.

Es gibt kein Entkommen für die Unschuld.

Amerikanische Perlen

Das Pflaster von der Stirn gerissen
als deine amerikanischen Perlen
mitten im Aufsagen der Gedichte
loskollerten
rauchglitzernd
das Gesicht umlegten
schwelgender Helmfunkel vor den
ausstarrenden Augäpfeln

Im Schuppen Trinkgeldgeheul
jemand stellte das Radio an
Bier floss aus
Parfüm erstickte
dicke Seife floss aus dem Gefäß
am Waschbecken

Eine gute Stimme aus dem Radio
zwei Auswanderinnen knackten ihre ersten Erdnüsse
War ich das
mit welchem Recht das Leuchten in deinem Gesicht
Alter Cordhut
was sagen soll man
mein Gott Schicksale
eine anstecken

Die Stunde ist für Dich aufbewahrt
im logischen Himmel
Die Tasche nehmen
in amerikanische Perlen Gekritzeltes

BRUSTWARZENHELLER FALL
zerschleudert Rechte und Unrechte
in der Aufprallschmiegung
an wortkluftgewandte
Fenster der Wahrnehmung

Glasfeuer der Isolationsmitte
Teppichmitte
Zimmermitte
Zitate
der Erneuerung
schwacher Sinne

Leben für Straße für Haus für Klingel
für Klingel für Haus für Straße für Leben

Die frühlingsverfolgten Buchstabenschwalben
bejubeln
entkornte Weiten
bewunderte Existenz
sowenig wie die Untreue der Menschen
gegen die Schönheit

DIE, DIE DEN HUNGER STILLTE,
die mir den Schnee,
stiller als jeder Fluß fließt,
aus den Haaren strich
und mir das Grau mit ihrer
Hand bedeckte;
die mir im Häuserschweigen
an der Seite schritt,
auch durch die glanzlosen Nächte ...

Denen allen ward ich untreu,
bis heute, untreu,
als ich mich gestärkt,
verläßlich wieder, abwandte
und aufbrach, die zu suchen,
die den Hunger stillt ...

Ich weiß nicht, wie ich Dich nennen soll.
Im Großen und Ganzen erscheinst Du mir als die Dunkelheit zwischen den Sternen,
im Einzelnen aber wie ein fallender Blitz.
Es fällt mir im Augenblick schwer, Dich als zum Beispiel
die Sonne zu sehen.
Die Sonne ist sehr pragmatisch.
Pragmatisch sind die Gräser im Wind,
auch die Wellen im Meer.
Eher bist du der Gang einer Katze auf zitternden Lippen.
Und ich frage mich, ob der Tod, ich schlage jetzt die
Handflächen über Wangen und Augen, krampfhaft bin ich,
eigentlich das Leben schändet.
Im Allgemeinen wohl nicht.
Bist Du auch der Krieg?
Bist Du auch die klappernden Zähne?
Welche Farbe hatte das letzte Gewand von Jesus?
Eben, da war er nackt.
Was ist nackter als das schmerzvolle Schwarz inmitten der Sterne!
Kann ich die Sonne nackt nennen?

Als ich hörte, was ich zu hören hatte,
sagte mir ein Mann mit schütterem Haar:
Der Tod nähert sich über die Generationen.
In meinen Augenwinkeln ein Brennen Richtung Nase.
(Aber Van Gogh. Aber Leonardo!)
Die Großmutter stirbt, dann nähert es sich der Mutter.
Und ich sehe die Wohnung vor mir
und finde es ganz absurd zu schreiben
wie in der heutigen Literatur.
Man brennt das Haus ab mit dem Erbschein.
Die dritte Ehe und das siebte Kind. Das sind für mich
Floskeln, aufgeregte Dramaturgien,
Kotze.

Mir ist so oft schlecht geworden, wenn ich das las,
kalaidoskopische Kacke.
Einen Schritt voraus: die nervende Großmutter.
Das Flussdelta voll Blut.
Das Schilf voll Verachtung.
Tote Männer.
Männer als Brieftaschen und aufgespiesste Bajonette.
(Caravaggio.)

Ich möchte heute Nacht, du erhörst meinen
Schatten. Er klingt wie Rollläden,
wie bellende Hunde, wie
Fleisch.
Kaskaden an den Sternen.
Olivenglut.

Wovon redest Du eigentlich,
wenn ich mich nach Dir frage?
Die Nacktheit ist ja süßer als dein Antlitz.
Ein blauer Fisch im weissen Meer.
Ein summender Luftzug in dunkler Nacht.
Ein einsames Hirn in sich selbst.
Ein tröstender Motor am Rande der Stadt.

Und du, Gott, gefällt es dir, wenn du die
Katze ihr Winterfell an mir abstreifen lässt?
Hast Du etwas dazu zu sagen,
wenn sie um ihr Futter miaut?

Sicher, der Grabstein deines Sohnes
ist noch nicht gefunden.
Oh Gott, wenn Du nur in den Erdbeeren schlummern
würdest, die meine dicke Tante mir kocht
nach dem Tod meiner Mutter.

Du schaust mir
das Leid
in den Augen.

Und ich bitte nichts.
Ich würde dich gerne bitten.
Es gibt nichts Bittbares.

Und ich bitte dich um
dein Bitten,
dass ich bei dir sein kann;
denn du bist
wirklich.

Girlanden aus Festen
wanden um ihre Häupter sich
die Menschen.
Und die nachts die Brücken überquerten
waren für sich.
Und eine Frau lief ein weniges
hinter meiner Schulter,
und ich wechselte auf die andere Strassenseite
und warf ihr einen Blick zu.
Und sie verschwand in einer Tür
und warf mir einen Blick zu,
und ein Mann ging an ihr vorüber.

Und ich ging allein in der Mitte der Strasse
und schaute
rechts und links
über das Häusermeer.
Wie sich ein Stern dem All hält,
halte ich dir meine Gleichheit.

Schwarz scheue Jahreszeiten,
als unser Blick auf einen Stern traf.
Zu unsern Füßen lag das Wasser,
und niemals nannte ich dich die Einzige,
da ich dich hielt.
Tage fand ich
und beschrieb damit dein Angesicht.

Sonntagmorgen 10 Uhr. Ich bin,
wie man so sagt, übriggeblieben,
und auf ihre Weise muss die
Nacht mir einen Heiligenschein
verpasst haben; jedenfalls komme
ich mir vor, als liefe ich mit
einem Arm voll Rolex durch
die Gegend. Jeder starrt mich an
und will mir was schenken oder
sowas.

Um sieben hatte ich beschlossen
nichts mehr zu unternehmen. Die Sonne
war schon aufgegangen und schien
quer durch die Bäume auf die Straße,
und Klaus, mit dem ich unterwegs war,
stellte seine Torte (die er irgendwann
in der Nacht auf einem Buffet aufgegabelt
hatte) in den Schatten am Parkrand.
Dann machte ich mich auf den Weg
zum Reichstag und sah mir das verhüllte
Wunder in der Sonne an. Es leuchtete wie
ein Gletscher, still, weisslich silbern
und hoch. Ich lief durch die Stadt
und kam darauf, kein Ziel haben zu
müssen. Vielleicht ist es auch das,
was die Menschen auffordert, einen
anzusprechen. Jedenfalls luden mich
zwei Männer auf einer Parkbank zu
einer Flasche Bier ein. Es ist still,
nur ein paar Tauben und einige alte
Frauen, die in die Kirche gehen.
Von einem Balkon weht eine
Piratenflagge, und einige Ratten
fressen die Reste des Marktes
vom letzten Tag in der Böschung der S-Bahn.

Wir sitzen und trinken in Ruhe, die anderen
beiden drei, vier Flaschen und ich eine,
während sie ihre Sprüche vom Stapel lassen,
von Theo der Scheisshausfliege,
Arschlochtralala, und wenn der eine
hustet, fragt der andere, ob er nicht
unauffällig krepieren wolle.

Dann gehe ich weiter, lasse die Stille,
die Tauben, die Kirche hinter mir, und
ein Mann vor dem ersten Laden, der offen
hat, fragt mich mit wahnsinnigen Augen,
ob ich kurz zu ihm die Wohnung kommen
könnte, von dort könnte man alles sehen.

Es ist zu viel. Ich kaufe ein Pfund Butter
und eine Tageszeitung und gehe nachhause,
knacke eine Flasche Wein und beschließe, den
kommenden Monat keinen Tropfen zu trinken.

Ich schlage den Weg ein ins Viertel, in dem ich als Kind gelebt habe.
In der alten Strasse stehen noch die Kastanien. Oktober.
Ich gehe hin, bücke mich und sammle Kastanien.
Ein paar vom Pflaster, ein paar von der Strasse,
bevor sie zerfahren werden. Hier herrscht kein dichter Verkehr.

Der alte Bäcker ist nicht mehr da. Aber an den Gärten vorbei
ist ein neuer. Ich kaufe das billigste Brot. Und im Laden daneben
ein Glas Mirabellen ohne Etikett. Auf der Strasse geht eine alte Lady,
die sich sehr aufrecht hält. Und dann eine junge Blonde mit einem
schönen Pulllover. Ich wende den Blick ab. Auf die Türme des Kraftwerks
hinter der Autobahn.

Neulich las ich den Satz: „Du überlebst nur!" Ich könnte mich
in das Grau des Himmels wickeln und auch das sein lassen.
Vielleicht liegt es daran, dass ich mich zu selten fallen lasse,
meine Bindung zur Welt wankt dennoch. Der Anblick eines
dichten Hundefells kann mich erfüllen. Das Glück mit Menschen
ist dagegen rar.

Die Luft ist voll Trauben,
von schwarzen, fallenden Winden voll,
von Duft und Gewächsen die Strassen hinab,
atmend und streunend.

Eine belebte Woge, durch die es mich zieht,
meine Brust selber;
Talkanten, abgestreifte Fesseln,
deren faserndes Flechtwerk friedlich im Bild seinen Platz hält.
Die Furchtlosigkeit eines Katers.

Lange senkt sich der Abend
in freundlichem Maß, eine ausgebreitete Kehle.
Die Wanderschaft einer Rede
ist heute mein Teil,
von Lippen und Augen und stirnweiten Händen besiegter Scheu.
Hier zerschellt keine Klarheit.

Die Luft trägt ein salziges Blau
und einen geschwisterlichen Funken;
Panzer der Eingefahrenheiten lösen sich spröde.
Durch die überkommenen Vorstellungen und ihr Versagen
strömt der Mittelpunkt der Geschwister wie ein neuer Flecken Erde.

Um diese Bewegung ein erhöhter Moment
Erkenntnis zu Blüte und Flug;
eine unabzielbare Erregung.

Inmitten der blühenden Freude
treffe ich den Tod
zu Beginn meiner währenden, einzigen Liebe.

Deine tastende Schritte durch die Wohnung
dem Verschollenen nach.

Die Erinnerungsglut deiner Wangen
ins Dunkle.

Der unversiegende Strom
der Bilder aus deinem Munde.

Aus deinen weiten Ärmeln
in die Hände der Abschiedsumarmung.

Die ganze Stadt war wie eine Gasexplosion

Herbst und vier Uhr morgens an einem Samstag.
Er hatte dagestanden, vor dem Büro,
sein Geld gezählt, den Schlüssel in den Kasten
geschlossen für den nächsten Fahrer,
einen Teil des Geldes für die Firma in einen
Umschlag gesteckt und in den Briefkasten hinter
die Blende geworfen. Er hatte sich erschrocken,
als der Bewegungsmelder zwei Strahler über ihm
einschaltete, weil er auf dem Weg zum
Blumenkübel war, und seine Blase ihn drückte.
Er war so müde, trunken vor Schlaf, so müde,
und durch die Straßen tobten die Blätter.
Jeder seiner Schritte wirbelte hinter ihm ein
Geräusch dieser Blätter auf. Er ging jetzt
mitten auf der Straße. Der Wind war kalt und die
Luft. Aber er wollte an einen Ort, wo er
Menschen sehen würde, um zu sehen.

Sie waren zu sechst. Die Frau hinter dem Thresen
glich einem schwankenden Gerippe mit vergeblich
leuchtenden Augen. Diese Augen aus diesem
Körper sagten: sieh mich, ich bin jung und schön.
Und sie waren betrunken und ärmlich und voller
Vergeblichkeit. Er malte sich aus, während er
zusah, wie ihre Gäste sie um ihr Geld betrogen,
an ihrer Seite auf alles zu achten. Sie vom
Alkohol zu entfernen, sie zurückzuwerfen von
der Verkommenheit in die Blüte ihrer Jahre.
Aber das würde nicht klappen, nicht in dieser Kneipe.

An der anderen Seite des Thresens saß eine
aufgeschwemmte Blonde. Ihre Haut war rot. Hinter
ihren Brillengläsern kippten ihre blaublauen
Augen in ihren Schädel. Noch einen Klaren für Dich
und mich. Das Gerippe zuckte die Schultern wie
eine junge Drossel. Es geht nicht, ich mag nicht,
sollte auch nicht. Sollte nicht. Ist gut. Ein Mann
zückte einen Zehnmarkschein und schwenkte ihn
vor ihr. Schmalz, sagte er. Dann packte er das
Geld der Blaublauäugigen in ihr Portmonaie.

An einem der Tische rief eine: ich bin Existentialist,
ich schlage mich so durch, ist das nicht eine gute Antwort,
einer mit der keiner richtig was anzufangen weiß?
Ich weiß, ich bin nicht hübsch, nein, nein, sag nichts,
ich weiß es, ich habe es erfahren, kommt so ein knuffiger Junge
und pumps, weg sind sie, die Frauen …

Die Nacht draußen war wieder kalt und klar.

in meinem kopf ist musik
ein klang der sich anbahnen will
er dringt nicht durch
schafft es nicht

wo bist du
ich weiß du bist in mir
wer warst du

das vergessen ist zu groß

Kopf hoch, Baby,
du musst nicht immer alles geben,
du musst auch manchmal alle sein.
Das ist ein Teil von deinem Leben
und ist ein Teil Lebendig sein.

Du musst nicht nur nach Höchstem streben,
sonst lutschst du dich alleine aus.
Du bist auch in dir feinste Süße,
vom Nabel aufwärts zu den Füßen.

Du musst auch auf der Stelle treten,
sonst wird aus Weintraub niemals Wein.
und du musst jeden Tag erleben,
auch müde fühlst du Sonnenschein.

Du sollst den Kopf ruhig mal zur Erde legen,
die schwarzen Locken dicht ans Gras gepresst,
du sollst das Rieseln eines Sandkorns hören
und Wind, der durch die Uni bläst.

Sei eins mit dir, hör auf, dich zu bekämpfen,
die ganze Menschheit ist ein Ding, das man gelassen
nur zu fassen kriegt. Du musst nicht denken,
dass ein Berserker auf Freiersfüßen
am Ende die Prinzessin liebt.

Die Liebe ist ein Wesen feinerer Natur.
Wenn du sie siehst, dann wink ihr nur.
Sie kommt und wird dann deinen Pulsschlag führen,
sie macht die Arbeit leicht und öffnet fremde Türen.
Vertrau dir nur, dann bist du schon geliebt.
So einfach ist, was Gott uns auf der Erde gibt.

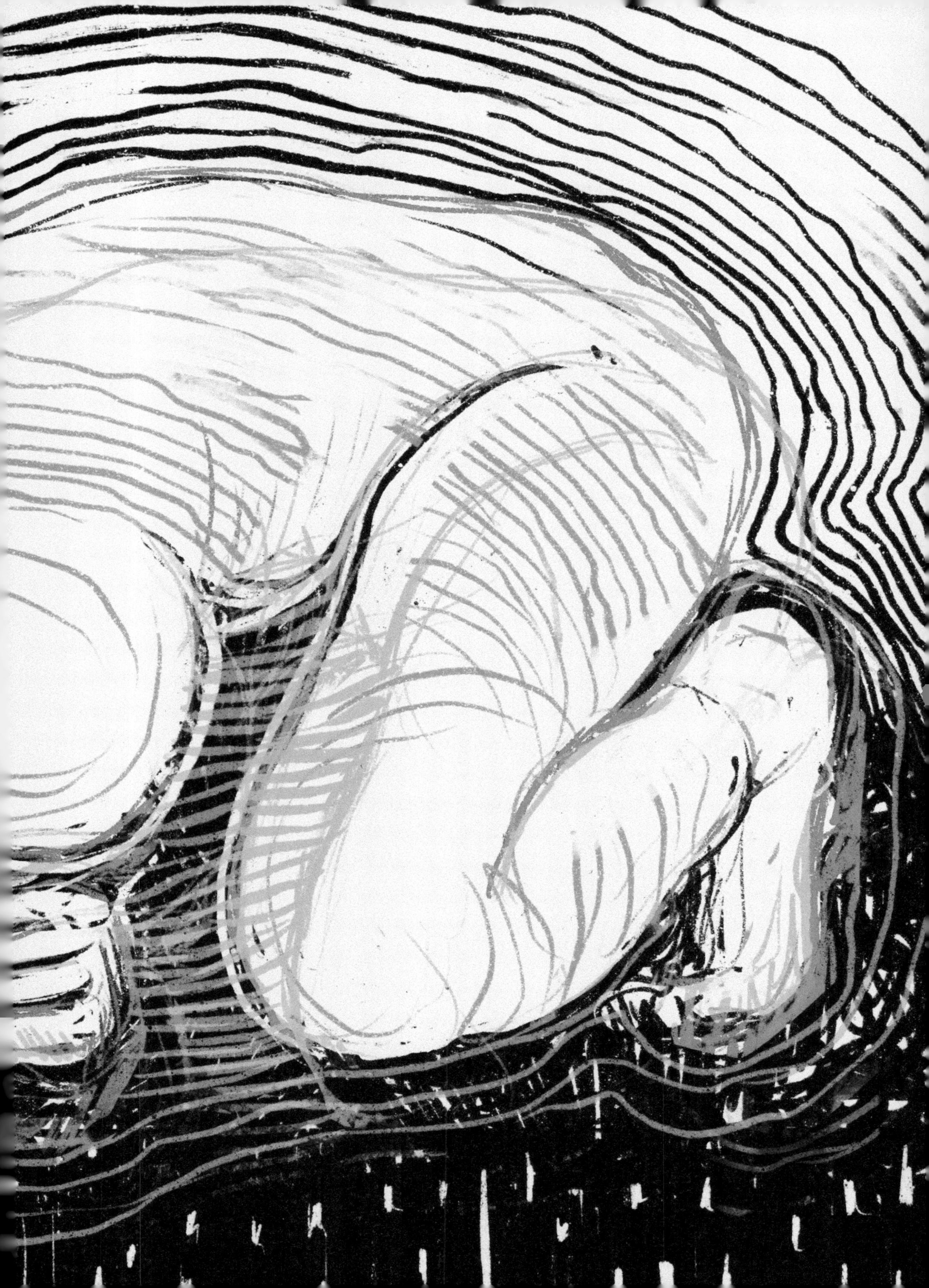

Dein Körper ist klar umrissen,
scharf wie ein Brandloch im Licht der Sterne.
Deine Lippen glühen
und trommeln auf meine Zähne.

Und unten funkelt deine Scham,
ein Adler in der Luft
mit Inbrunst.

Was gehen mich die elektrischen
Lichter der Zivilisation an?
Ich treibe in deiner Glut,
meine Nacht, meine Schwester.

Ich küsse die Erde unter deinen Füßen.
Deine Brust setzt die Welt vor dir in Brand,
und ich vergieße Tränen darin,
wie Licht in eine leere Straße fällt.

Wie Winde über dem Geheul junger Wölfe
und Adler ist die Luft um deine Hüften,
die an deiner äußeren Grenze wankt.

In jeder Straße stehen Laternen,
diese toten Lichter graben gegen meine Haut.
Wie breit die Streifen der Nichtatmosphäre
in der Stadt sind und warten,
dass der Wald zurückkommt.
Ein berühmter Schauspieler hat schmutzige
Gläser vor dich auf den Tisch gestellt und
wollte mit dir ins Bett.
Ich müßte ein Wort mit ihm reden.

Ich sehe auch Vögel, die sich auf einem
Dachfirst niederlassen.

In Wien liegt Schnee, und der Himmel
ist sehr blau. Ein Glas Milch aus deinem Kühlschrank.
Die Ruhe dazu, nichts als ihr Geschmack, ihre Kühle.

Die kahlen Häuser mit ihren schwarzen Fenstern
blicken zum Himmel hinauf.

Ich schwebe wie ein Salz im Grundwasser.
Und dann empfange ich Dich.
Das Fleisch wirft sich zurecht,
die Haut eine königliche Robe.
Ich röte mich unter deinen Liebesbissen.

Deine Zehen sind Sterne, deine Nägel glänzen,
die Hornhaut an Ballen und Ferse funkelt wie das Meer
bis ans Gelöck. Dein Geruch steigt in meine
Nase. Zwischen unseren Lippen Dunkelheit, Rot.

Alles in mir wölbt sich. Ich stehe in der Kuppel.
Jeder Schauer wagt sich ins Leere.

Sieben Meter, acht Meter, Nacht.
Meine Arme fliegen. Ich bin 19. Bin
13. Bin 14. Bin 21. Meine Füße begreifen
den Erdboden. Bin 16 von mir bis zum Himmel.

Das Ding ist die Erde. Ein plumper Planet.
Deine Stimme hebt sie und dann töten wir
sie wie Büffel. Wir kennen die Wörter:
Indsmen, Indianer, Rothäute.

Killer und Mörder breiten sich aus.
Da breiten wir uns aus.
Breiten wir uns aus.
Machen einen Breiten.

Ich will, dass wir eingehen.
Uns zurückziehen.
Die Flügel strecken.
Dem Tod ins Auge sehen.

Endlich.

Vergiss die Wolken,
vergiss die Schrägen im Himmel,
vergiss die Tauben auf der Dachspitze,
vergiss wie du groß geworden bist.

Vergiss die Gesichtszüge
deiner Vorfahren, wenn du Grimassen schneidest.
Vergiss die Aussprache, die sie hatten.
Wir Europäer müssen ohne die Elders auskommen.

Wir müssen nicht den Krieg fortsetzen
und nicht den Kapitalismus.
Auch wenn alle um uns herum es tun.
Vergiss deine Kindheit.

Ich war ein Kind ohne Formen,
schwamm in der Luft, schwebte,
flog über den Asphalt,
meine Wangen waren geflügelt.

Ich konnte weiter sehen
als die Umwelt es erlaubte.
Über den Rand. Mich und die anderen,
die auf dem Asphalt spielten.

Unter dem Wasserschlauch des Garagenmannes
stoben wir auseinander.
Wir verließen unsere Kindheit.
Wie verloren unseren Glauben.

Fußball war ein Gott.
Schule war ein anderer.
Aber es gab Delinquenten
unter den Lehrerinnen.

Sie lehrten uns, nicht zu gehorchen.
Sie begehrten wie Schneckenfühler auf:
Tastende Augen, Frauen
mit brennenden Bäuchen und Brüsten.

Die Mutigsten sterben tatsächlich.
Heute weiß ich, Dank gezollt bekommen sie nicht.
selbst Clara Zetkin nicht. Und schon gar nicht
Frau Boese, Frau Strutz und Udo Meckel.

Der Graben ist tief.
Das Vergessen ist leicht.
Ich erinnere mich
an deine jungen Brüste,
an mein Begehren die ganze Zeit.

Du bist zwei Meter groß.
Ich gehe jede Nacht tanzen.
Wir kommen nie zusammen.
Deine Lippen sind wie die Nacht
im ganzen Himmelszelt.

Bleich und rot und jede Farbe ist deine.
Dein Haar ist dünn wie Mäuseschwänze.
Du rufst mich nicht an.
Du gehst dort entlang wo du willst.
Ich werde dir die Welt zu Füßen legen,
mein Leben lang.

Wenn du auf Asphalt spielst,
ein Kind bist, hüpfst, Sachen im Kopf hast,
Bilder, Farbe magst, Ziegelrot, Orange,
Kalkweiß – findest du Malsteine.

Sie liegen gut in der Hand,
kratzen auf dem Grund –
und du kennst mehr als
Höhlenzeichnungen.

Kennst Krickelkrakel, Monster,
die Welt aus dem Radio, Fernsehen
und den draufgesattelten Rest.
Deine Träume, deine Freunde.

Deine Hand fährt über die
Welt aus Asphalt wie Gott
durch die Gestirne und der
Mixerhaken durch den Teig.

Wolkenbilder, bereichert um
Abgründe, Mutterschoß
und Hölle, Besitz und Krankheit
und funktionslose Tasten.

Feindschaftslose Kratzer,
Ziegelbilder auf dem Teerboden.
Die Sonne darüber sorgt
für das nötige Licht.

Sanft, in Farben betrachtend, hingegeben,
unsicher, ein Junge, der die Erde küsst.

In den Wolken treibt die Schuld,
die schuldigen Gedanken.

Mein ganzes Herz schlägt für dich,
ein Raum voll Licht.

Kein Mensch außer dir.

Nie sei verzweifelt, wenn ich gehe,
es gibt kein Folgen, wo es dich nicht gibt,
es gibt kein Einsamsein der Weite;
nur da ist Tod, wo sich ein Leben
reglos gibt.

Beschau der Dinge Fruchtbarkeit
und werde wieder eine Halle aus Gerüchen,
senk nicht die Braue eines Todes über mich;
ich fließ jetzt langsam,
wie es in den Stämmen fließt.

Lausch auf dein Meer und hör ihm seine Tiefe,
beweg dein Haar in allen Jahreszeiten;
nimm diese Welt, als wäre ich es,
der da riefe,
denn deine Gleichung ist das Weiterschreiten.

Wach auf, wach auf, wach auf –
kennst du die Angst vor dem Sterben,
noch ehe alles gesagt ward?

Das Dahin. Das Daher. Nichts hat uns geschert.

Dir die Hand nicht auf die Hüfte gelegt zu haben,
und zwischen den Bäumen die Luft zu erfüllen,
hat mich übermannt wie ein Dämon vor dem Ende der Tage.

Ich möchte die Himmel der Erde
mit liebendem Atem verlassen.
Ich will dich zur Liebe hier und nicht später.

Tage wo ich richtig leide
Helle und Dunkel
Auf nackten Sohlen
Das Weiß ist getränkt vom Pflaumenblau

Ich will Dir nicht den Atem rauben.
Jede Zeile kann nichts sein
als ein Geschenk.
Jedes Gedicht ist arm,
ein Flügel, der abstürzt
ohne Luft, die ihm
entgegengebracht wird.

Der Dschungel und das Orfeo lagen nur ein paar Haustüren auseinander in der Nürnberger. Wer was wann wo. Wer will das wissen. Es ging auch nicht darum. Da sein. Hier sein. Mein bester Freund verkuppelte meine Ehefrau mit meinem anderen besten Freund. Und beide blieben sie meine Freunde. Ayobamideles Liebesgeschichten waren Dramen von Anfang bis Ende und sie blieb eine zarte Seele, deren größtes Leid ihre weiße Mutter war, weil sie selbst die Hautfarbe ihres Vaters trug. Manche waren cool wie Fische auf dem Trockenen und überlebten es, manche gingen beinahe unter. Andere ganz. Nico schaffte es. Ich glaube, Olivia hat ihn gerettet, als er anfing, nach Mitternacht auf dem oder dieser mit Pinseln über die nackte Haut zu streicheln, indem sie ihm ein Kind gebar. Jetzt musste er, und seine Familie spannte das Segel auf. Noch Jahre danach hing das Bild von Olivias Malergenie Renzihausen bei mir an der Wand: Schwarzes Öl in schwarzem Rahmen, schwarz übermalte Strippe, quergespannt. Verflucht, wer hat es heute? Es gab keine Engel in diesen Nächten aber ein warmes Gefühl, für immer geborgen zu sein. Wenn viele zusammen tanzen, bildet sich ein Mutterleib um sie, und wir lebten in dieser Sicherheit zwischen Hochhäusern, Mietwohnungen, morgengoldenem Straßenpflaster, Kunst, der Unwahrscheinlichkeit des Kapitalismus, voll unseres Glaubens, das nichts die Zukunft des Lebens zerbrechen würde. Die Reste unseres Stamms sind am Leben. Ich bekenne, nicht alle haben es geschafft. Michèle hätte gesagt, es hatte sie fertiggemacht. Aber das hat sie inzwischen auch lange nicht mehr gesagt, denn sie malt jetzt wieder, jeden Tag, anders als je zuvor, mit freier Hand neue Bilder, Welten, die du vielleicht sehen wirst, vielleicht nicht.

Ich male dir Herzschläge
in die Nacht, tiefe und
ruhige. Solange,
so viele, bis du das
nächste Mal aufwachst
und es wieder machst:
mmmmmmmmm ...

Dann raschelnde,
pfotenhafte, solche von
Regen auf Blattwerk,
atemlose und wieder
tiefe und lange.

Geflüster deines
Namens in mir,
Nebel, der sich zum
kommenden Morgen
ballt, um die

Schönheit der Sonne
vor dir auszubreiten

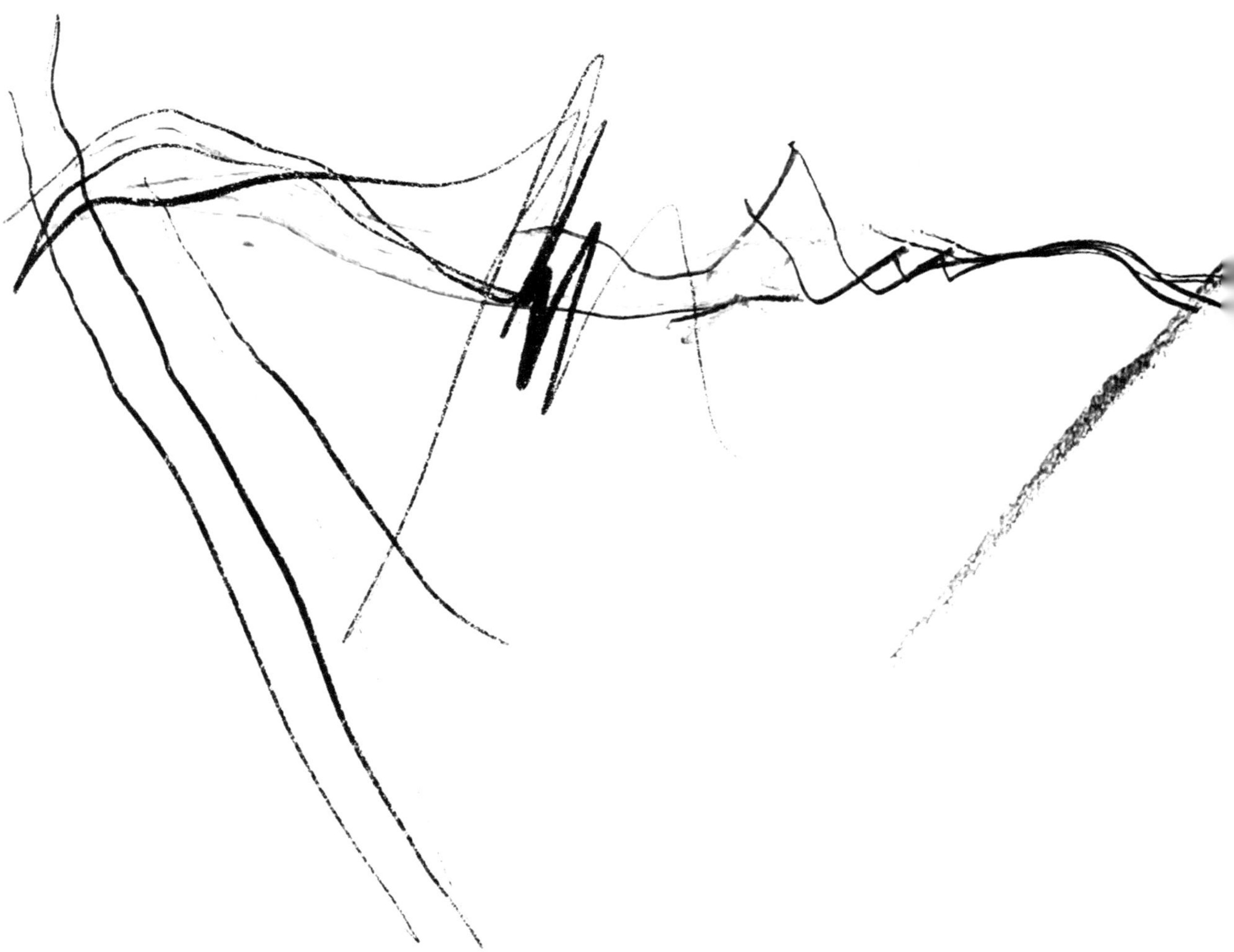

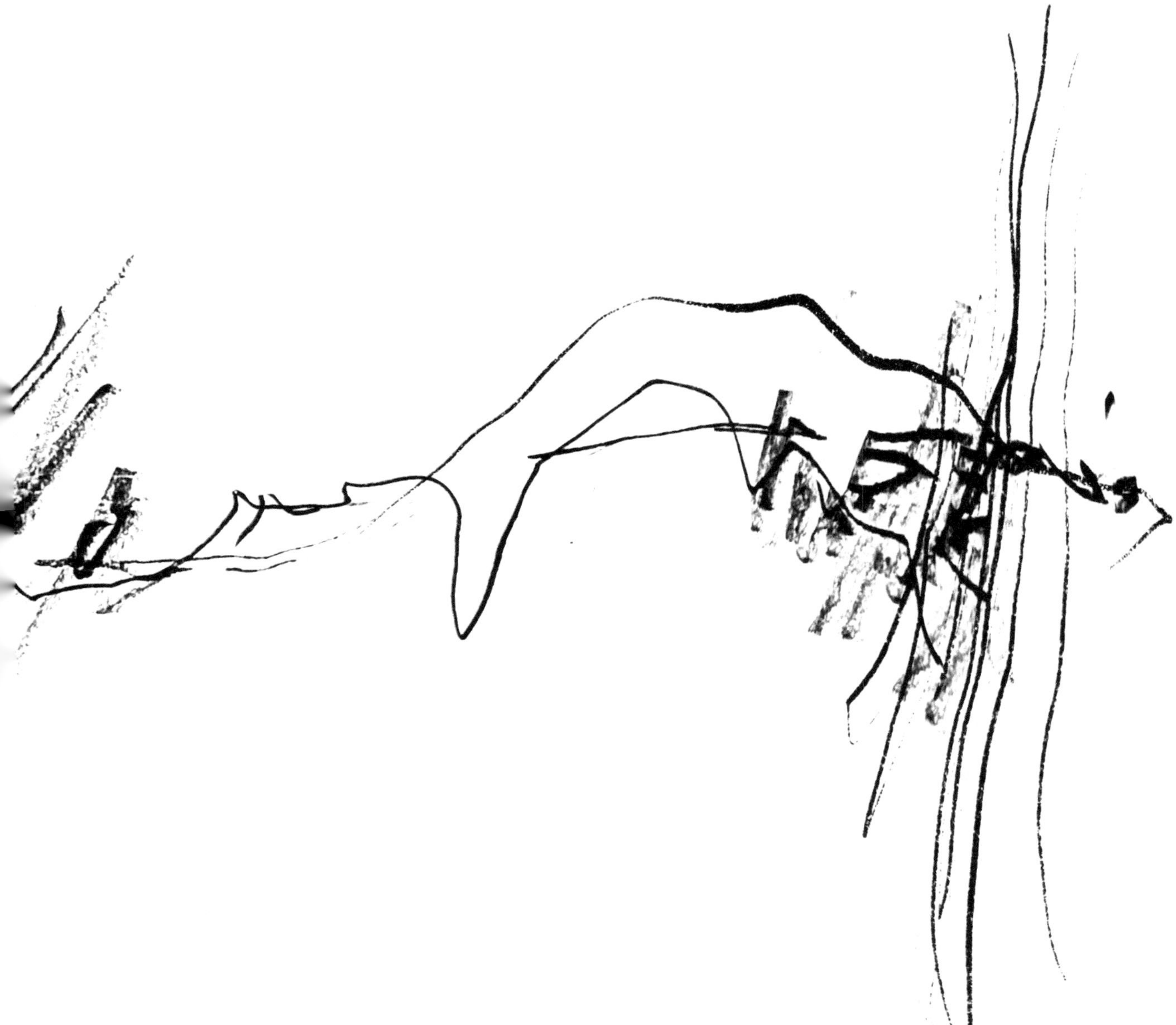

Manchmal, nach der Liebe,
versuchte er, alle Bilder auf
ihrer Haut zu küssen, die
aus ihr aufstiegen.

Die Farben, die Muster,
die er ahnte,
die Unklarheiten,
die harten Konturen.

Er suchte die Bewegungen
in den Bildern auf
und die Schattierungen
und küsste sie zärtlich.

Er suchte sie wie Träume
nach dem Erwachen,
wenn der Tag sich schon fast
darüber geschoben hatte.

Manchmal legte sie dann
wie aus dem Nichts ihre Hand
auf ihn oder sah ihn
nachdenklich an.

Dann mischte sich das Tageslicht
mit dem Licht in ihren Augen
und immer war das Licht
ihrer Augen die wahre Quelle.
Vielleicht wuchsen sie beide
in der Dankbarkeit aneinander.
Aber war es wirklich Dankbarkeit,
was er empfand?

War das das richtige Wort?
War das genug für das
Wunder, das sie erlebten und
das er immer in ihr sehen würde.

Dir zuzuhören ist manchmal,
als sähe ich dem Sonnenaufgang zu.
Deine Stimme kommt in den Tag,
beginnt ihn. Dein Herzschlag
verkündet, dass etwas weitergeht.
Und da liegt eine Schläfrigkeit
zwischen deinen Stimmbändern,
die, wenn ich an sie denke, keine
Fragen in mir zurücklässt.

wenn du arbeitest
und ich arbeite
wenn du in dein tun versunken
bist und ich dich dabei ansehe
werde ich verrückt nach dir

ich darf nicht aufsehen von meiner
arbeit zu dir in deiner
dann werde ich verrückt nach dir
wenn du in deiner arbeit
aufgehst will ich auch in
dir aufgehen

ich sehne mich nach dir
dass du immer in deiner arbeit aufgehst
dann kann ich immer in dir aufgehen
in einem wechsel intensiver vergessenheit

wenn du arbeitest kann ich nicht ruhen
denkst du nach kann ich nicht ruhen
sprichst du zu mir kann ich nicht ruhen
liebst du mich kann ich nicht ruhen

ruhen heißt dich verlassen
und verlassen will ich dich nicht
was ist der schlaf ohne dich
was ist der schlaf anderes als entbehrung

ich will dich nicht entbehren
ich will nicht ruhen ohne dich
mit dir will ich nicht ruhen
ruhen kann ich nur mit dir
wenn die liebe uns übermannt

nur die liebe beruhigt mich
nichts anderes als die liebe
wenn sie in schweren wellen
zwischen uns wogt

nur die liebe erkennt noch wer ich bin
so hingegeben bin ich dir

Das ist ein Irrtum,
dass alles mit einem
grobschlächtigen Zupacken
zu haben sei.

Hast du die
Wolkenbilder gesehen?
Sie zogen mit
unserer Liebe
um die Wette.

Da ist kein
Vergehen am Himmel
wir verändern uns bloß
immer reicher .

Deine Nacht, meine.
Geh mir nicht aus dem Weg,
leg dich nicht mit mir an.
Zwischen uns herrscht kein Untergang.
Nachts um vier bleiben wir
Morgenrot, Sonnenschein
mit verdrehten Augen,
schlankes Butterbrot, die Stille
zwischen gurrenden Tauben.
Dein blondes Haar, meine
unsägliche Stille am Rand
der Welt.
Der kommende Aufbruch
ist ein Schiff außerhalb
der letzten Resourcen.
Frei von Angst deine
lodernden Wangen,
deine glühenden Knochen,
mein Ruf nach dir,
das Zirpen der vergangenen Tage
in Liebe und Erde.

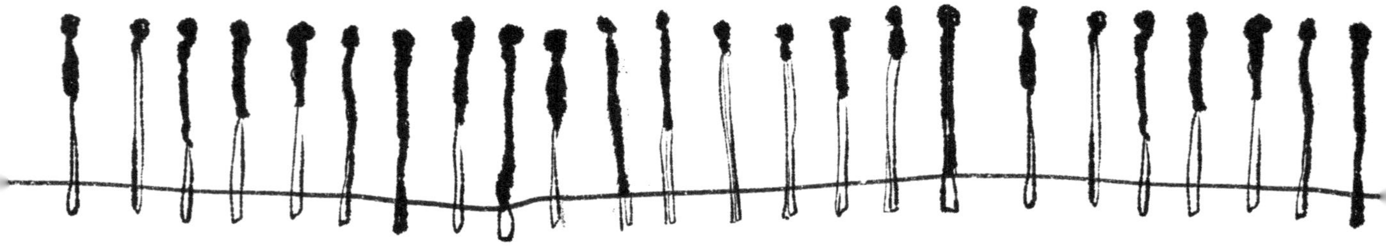

Mit Streichhölzern spielen
habe ich geliebt.
Eine Kerze anzünden,
einen Wattebart.
Mit Tannengrün kokeln.
Das Bett brannte auch.
Ein Licht für die Toten
stelle ich auf.
Einmal werde ich wissen,

wie wir dann weitersehen.

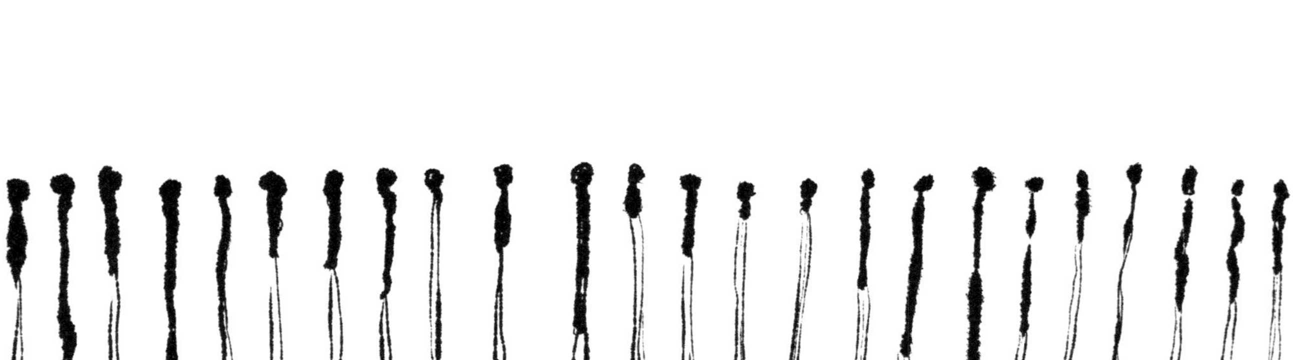

Ich gehe am Blumenladen vorbei,
aus dem Duft der Geranien
bricht meine Kindheit hervor,
und aus den blinden Scheiben
des Papierwarengeschäfts,
dessen Besitzerin im Zuge der
Gentrifizierung verschwunden ist,
steigen mir Bilder entgegen:

Freunde der Kindheit, die
Spielgefährten – Jeanette, Bianca,
Pia und Kiki, Jens, Robert, Arvid
und die Tochter des Bäckers.
Der Hof, Sand, der über den Teer
weht, festgetretene Metallteile,
abgefallene Blütenblätter und
Stengel und lange Sonnentage.
Nachmittage, angefüllt mit der
Erkundung des Lebens, schnelle
Läufe von kurzen Beinen.
Löwenzahnkränze, das gelbe Gras
in Berlin. Noch rauscht der Verkehr
aus der Ferne.

Keine Angst, keine Angst
meine Pappeln. Die Spatzen in euch
sind versteckt, sicher sind die Amseln.
Niemand frisst Müll, und in den
Eichen tobt keine Schlacht.
Es riecht auch nach Frühling.

Am Rande des Hausdachs steht
der Himmel und wacht, wie wir
spielen mitten am Leben entlang.
Unsere Herzen leuchten in
unseren Gesichtern.

Und Farben
und Farben und Hoffnung sind wir
in all dem noch lange.

sie tanzten
die Welt tauchte
hinter ihren Schultern unter
sie war die Welt
ihre Augen strahlten
er bewegte sich für sie
sie nahm das Leben an
er öffnete sein Herz für sie
er bewegte sich für sie
er nahm sie an
seine Augen strahlten für sie
er nahm die Welt an für sie

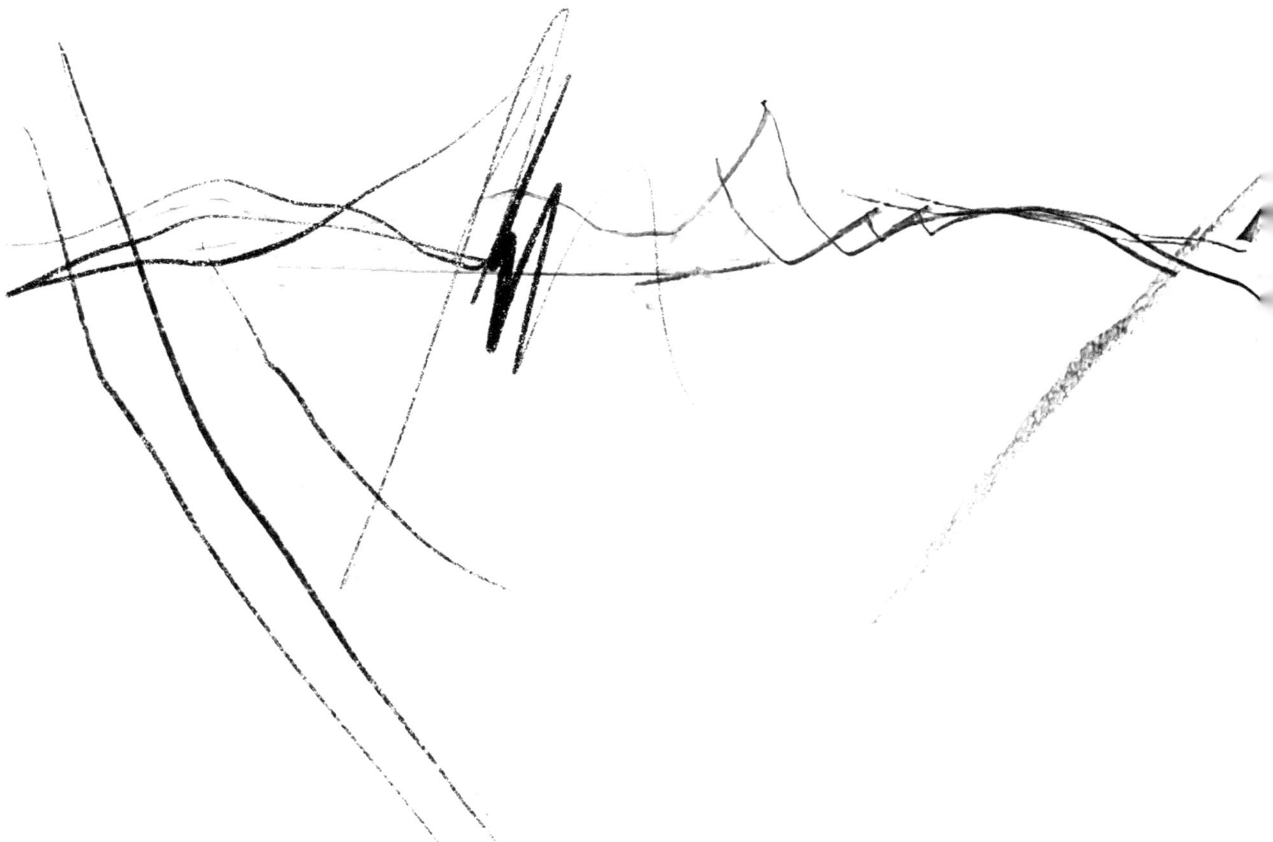

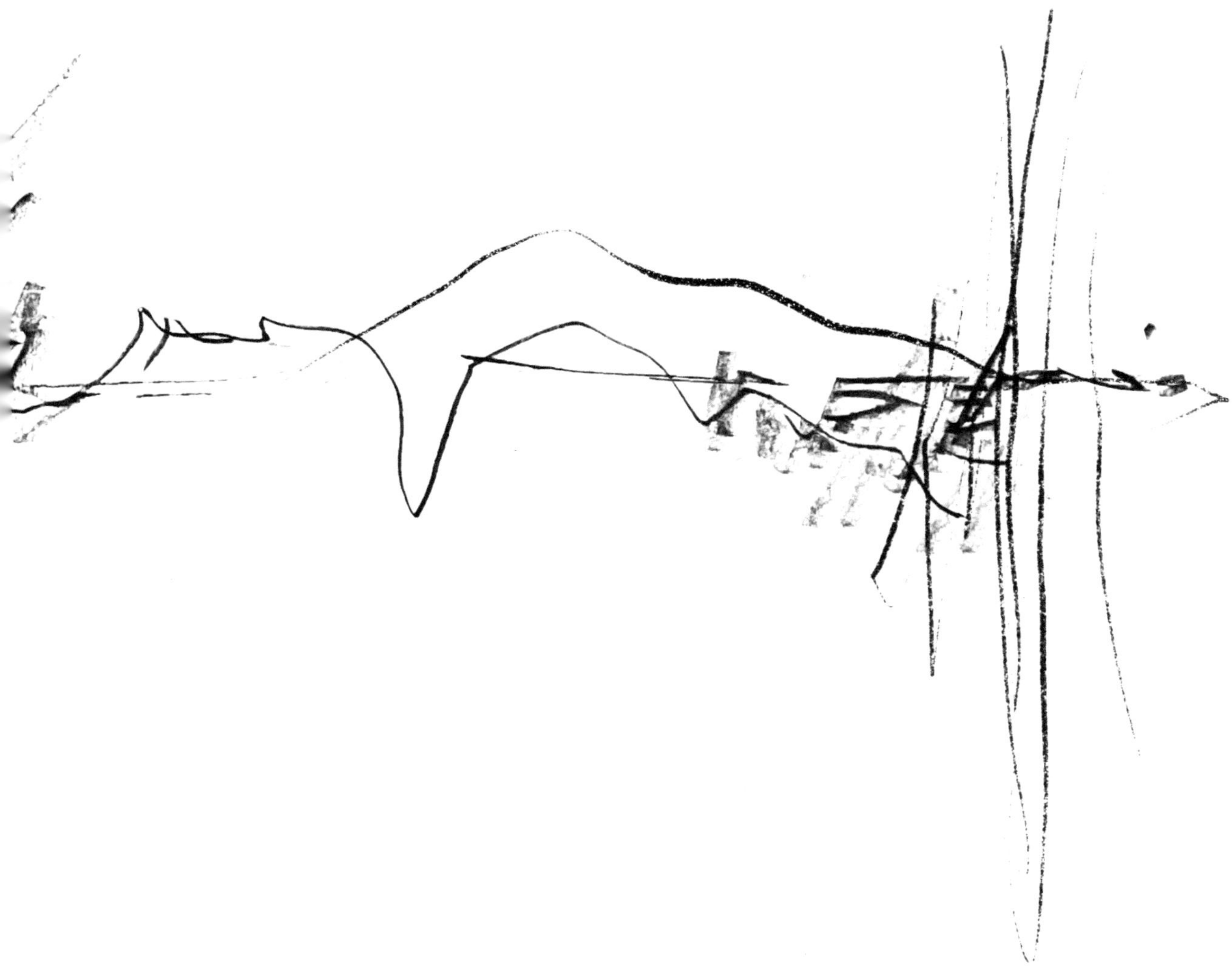

Michèle Meister
geboren 1966 in Lindau

& aufgewachsen in Lausanne, Schweiz und Uelzen, Deutschland & erreichte ihre Fachhochschulreife in Design & studierte bildende Kunst an der *Freien Kunstschule Hamburg, FIU (Free International University)* die Joseph Beuys als öffentliches Forum des Erweiterten Kunstbegriffs ins Leben rief & schloss nach 5 Jahren das Studium inklusive eines längeren Auslandsaufenthalts mit einer ausverkauften Ausstellung ab & zog 1991 nach Santorin, Griechenland, um ihr Studium der griechischen Mythologie fortzusetzen – eine Passion, die sie während ihrer Zeit an der FIU entdeckt hatte und die bis heute noch in ihren Bildern auftauchen kann & gründete auf Santorin ihre eigene Galerie & Werkstatt: *Gallery Kastelli*, von wo ihre Arbeiten rund um die Welt verkauft wurden (Athen, Paris, New York, Berlin, Sydney) & zog 2004 nach Melbourne, Australien & begann Kunst und Design durch ein Studium der Innenarchitektur am *Royal Melbourne Institute of Technology, RMIT* zu verbinden & gewann 2013 den *Room by Design* für die *Grand Design Australia* in Melbourne & kuratierte in Melbourne Gruppen- und Einzelausstellungen & stellte selbst aus & erweiterete ihre Arbeit als Grafikdesignerin seit 2020 kontinuierlich & gestaltete mehrere Bücher mit eigenen wie den Werken anderer Künstler*innen & veröffentlicht im *Verlag Akademie-der-Abenteuer*, Deutschland
& zeichnete, malte und gestaltete *Lockdown – ein C-Movie* & *Gravitationen I-IV.*

www.michelemeisteratelier.com

Boris Pfeiffer
geboren 1964 in Berlin

& besuchte die erste Rudolf-Steiner-Schule Berlins, wo er nach 13 Jahren das Abitur ablegte & schrieb mit 13 die ersten Gedichte an einer grünen Olivetti & arbeitete nach der Schulzeit als junger Mann in der Buchhandlung und Antiquariat Pels-Leusden & legte mit Beendigung dieser Tätigkeit die Prüfung zum Taxifahrer ab & fuhr mehrere Jahre Taxi in Berlin & studierte einige Semester im Grundstudium in den Fächern Linguistik und Landschaftsplanung an der TU-Berlin & arbeitete nach Abbruch des Studiums als Statist und Regieassistent an der Freien Volksbühne & entdeckte darüber seine Liebe zur Textarbeit & erstellte die Textfassung für Liebster, ich spüre genau, dass ich wieder wahnsinnig werde. Eine Virginia Woolf Soiree & wurde als Regieassistent an das Staatstheater Wiesbaden engagiert & schrieb die Texte und inszenierte am Nationaltheater Mannheim den Liederabend Unter der Hungerleuchte & kehrte zurück nach Berlin & arbeitete dort als Regieassistent & Autor zusammen mit anderen Autor*innen am GRIPS Theater an Bosana, Krach im Bällebad, Wehr dich, Mathilda und vielen weiteren Theaterstücken & erhielt einen Studienplatz an der Berliner Filmhochschule Deutsche Film- und Fernsehakademie, Berlin - dffb & nach drei Jahren den Abschluss & schrieb für das Junge Schauspiel, Düsseldorf & schreibt seit 2003 Kinderbücher für mehrere große Verlage: Die drei ??? Kids & Das wilde Pack & Die Unsichtbar-Affen & Akademie der Abenteuer & Celfie und die Unvollkommenen & Survivors & wird international verlegt & gründete Ende 2020 den Verlag Akademie-der-Abenteuer & wendete sich in der Coronazeit verstärkt wieder dem Gedicht zu & schrieb *Lockdown – ein C-Movie* & *Gravitationen I-IV.*

www.borispfeiffer.de

TITEL UND GEDICHTANFÄNGE

TITEL UND GEDICHTANFÄNGE

TITEL UND GEDICHTANFÄNGE

TITEL UND GEDICHTANFÄNGE

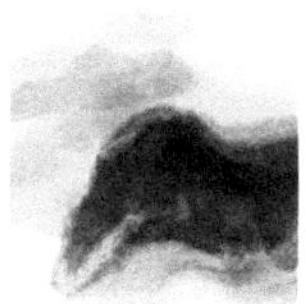

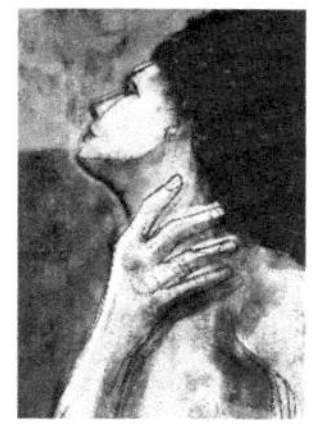

TITEL UND GEDICHTANFÄNGE

Die Bilder dieses Bandes sind auch als Drucke bestellbar:

www.michelemeisteratelier.com

www.verlag-akademie-der-abenteuer.de

VERLAG Akademie DER ABENTEUER

Paintress & Poet